编委会

编委（按姓氏音序）：

安　琪　春　树　戴潍娜　海　男　横行胭脂

金铃子　施施然　谭　畅　潇　潇　颜艾琳

缪斯的桂冠将抛向谁

中国女诗人诗选 | 2022

施施然 编

山西出版传媒集团　北岳文艺出版社
BEIYUE LITERATURE & ART PUBLISHING HOUSE
· 太原 ·

图书在版编目（CIP）数据

缪斯的桂冠将抛向谁：中国女诗人诗选：2022 / 施施然编 . — 太原：北岳文艺出版社，2023.5
　ISBN 978-7-5378-6720-7

Ⅰ.①缪… Ⅱ.①施… Ⅲ.①诗集－中国－当代 Ⅳ.① I227

中国版本图书馆 CIP 数据核字 (2023) 第 085759 号

缪斯的桂冠抛向谁
——中国女诗人诗选（2022）

施施然 ◎ 编

编　者 施施然	出版发行：山西出版传媒集团·北岳文艺出版社 地址：山西省太原市并州南路 57 号　邮编：030012 电话：0351-5628696（发行部）　0351-5628688（总编室）
出 品 人 郭文礼	传真：0351-5628680 经销商：新华书店 印刷装订：山西新华印业有限公司
选题策划 刘文飞	开本：787mm×1092mm　1/16 字数：292 千字
责任编辑 左树涛	印张：21.75 版次：2023 年 5 月第 1 版
封面设计 彭振威设计事务所	印次：2023 年 5 月山西第 1 次印刷 书号：ISBN 978-7-5378-6720-7 定价：58.00 元
印装监制 郭　勇	本书版权为本社独家所有，未经本社同意不得转载、摘编或复制

目录 / contents

北京女诗人

蓝蓝的诗
敦煌日记之第103窟、217窟 《法华经变》之《化城喻品》/ 002
猫与蝴蝶 / 003

潇潇的诗
补　丁 / 004　　　　　　　　清明哀歌 / 004
告别现象学——与胡塞尔有关 / 005

周瓒的诗
回环之诗——给小翟 / 007　　决　意 / 008

安琪的诗
深水之墨 / 009　　　　　　　青春落雪 / 010
离开自己 / 010

西娃的诗
通过自己的方式，留住你 / 012　　我能为你做…… / 013
那一不留神就消失的…… / 014

吕约的诗
数学家康斯坦丁的遗言 / 015　　治　愈 / 016

戴潍娜的诗
我脚下美丽的毯子正被抽走 / 017　　盛　开 / 019
雪落在前门 / 020

秦立彦的诗
旧的电子邮箱 / 022　　　　　　　　散　开 / 023

顾春芳的诗
霜　降 / 024

孙晓娅的诗
是谁悄悄拉响风铃——写在米一两岁生日之际 / 026

杨碧薇的诗
下南洋：万象 / 027　　　　　　　　下南洋：栴檀晚钟 / 027

雪后初霁 / 028

葭苇的诗
我爱你 / 030　　　　　　　　　　　空事情 / 031

李琬的诗
三　姐 / 032

赵汗青的诗
1997年冬，赵汗青致卞之琳 / 034

天津女诗人

刀把五的诗
问　候 / 038　　　　　　　　　　　给自个儿 / 038

河北女诗人

李南的诗
想青海 / 042　　　　　　　　　　　一个人在镜中 / 043

柿子红了 / 044

胡茗茗的诗
我能说出的部分 / 045　　　　　　　梦不到狮子的日子 / 046

施施然的诗
最好的日子 / 047　　　　　　泪　痣 / 048

唐小米的诗
夜　晚 / 050　　　　　　　　证　词 / 050
秋　天 / 051

田耘的诗
公元523年·张家口·六镇首义怀荒镇 / 053

艾蔻的诗
风　车 / 055　　　　　　　　写给九月 / 056

辽宁女诗人

宋晓杰的诗
台风过境 / 058　　　　　　　四月的土豆田 / 059

袁东瑛的诗
爱　情——读米兰·昆德拉 / 061　　之　间 / 061
手　势 / 062

臧思佳的诗
左右是女子 / 063　　　　　　改 / 063

吉林女诗人

张牧宇的诗
再续一杯虚无 / 066　　　　　　修　剪 / 066

黑龙江女诗人

李琦的诗
美人母亲 / 070　　　　　　　雪　花 / 071

大雪不知道 / 072

安海茵的诗

谁一再掠过唐河的歌喉 / 074

孙大梅的诗

墓　地 / 075

袁永苹的诗

一朵花上的灿烂星宿 / 076

山东女诗人

宇向的诗

泥　塑 / 080　　　　　　　　你盛"光"的容器 / 081

阿华的诗

四　月 / 082

寒烟的诗

之前…… / 083　　　　　　　看　守 / 084

梦　魇 / 085

臧海英的诗

看不见的地方 / 087　　　　　外出记 / 088

苏雨景的诗

琥　珀 / 089　　　　　　　　燎原之草 / 090

小西的诗

节　日 / 091

庄凌的诗

我去过你的青岛 / 092　　　　躺　下 / 092

江苏女诗人

代薇的诗
在同一生中过另一辈子 / 096　　　旧手机 / 096
黑暗会修复光明修复不了的东西 / 097

刘畅的诗
撕纸游戏 / 098　　　一枚钉子 / 099

束晓静的诗
觉　悟 / 100　　　他想知道鸟儿几岁了以及能活多少年 / 101

于之雅的诗
飞　蛾 / 102　　　我们是从什么时候开始失去你的 / 103
舞 / 104

宗小白的诗
容　器 / 106　　　墙上花园 / 107
慈　悲 / 107

上海女诗人

路亚的诗
镜　子 / 110

刘晓萍的诗
旷野信札 / 111

缎轻轻的诗
带钩子的人 / 112　　　休　养 / 112

桉予的诗
七　月 / 114

叶子闻的诗
天　空 / 115　　　跪　乳 / 115

浙江女诗人

荣荣的诗
告 别 / 118　　　　　　　天人之隔 / 119
在老年公寓 / 119

池凌云的诗
干花玫瑰 / 121　　　　　　铁艺睡莲 / 121
落日的合唱在地衣上滚过 / 122

颜梅玖的诗
讲 述 / 124　　　　　　　山中避雨 / 125
看不见的风 / 126

张巧慧的诗
普陀山 / 127　　　　　　　逢 春 / 127
江河万古流 / 128

范雪的诗
感 时 / 130

安徽女诗人

雪女的诗
自拍，作为语言的补偿 / 132
壬寅年暮春于崔岗村雅歌书院记游 / 133

何冰凌的诗
画春光 / 135　　　　　　　黑暗中相逢 / 136

黄玲君的诗
两个世界的缝隙 / 137　　　闪灵水晶 / 137

王妃的诗
中年感冒 / 139　　　　　　给荷花写一首诗 / 140

杜绿绿的诗

祝　辞 / 141　　　　　　催　眠 / 142
游　园——写给胡桑和厄土 / 144

红土的诗

游　戏 / 147　　　　　　多像一个有爱的人啊 / 147
清　晨 / 148

孔晓岩的诗

山　茶 / 149　　　　　　丁　香 / 149

福建女诗人

叶玉琳的诗

文心兰 / 152

阳子的诗

跨过风的胸膛 / 154

江西女诗人

林莉的诗

河　埠 / 158　　　　　　虫　鸣 / 159

林珊的诗

晚　归 / 160　　　　　　背　包 / 160
北京的秋天 / 161

徐琳婕的诗

栾树之恋 / 162

范丹花的诗

庐山简史 / 164　　　　　致路易斯·博尔赫斯 / 165
静静的顿河 / 165

广东女诗人

从容的诗

我爱你妈妈 / 168　　　　　　不要靠近我 / 169

郑小琼的诗

秋夜群星 / 170　　　　　　　魏晋幽远 / 171

舒丹丹的诗

树木怎样交谈 / 172　　　　　秋　夜 / 173

冯娜的诗

平　原 / 174　　　　　　　　诺曼底的一年 / 175

宝兰的诗

登贤令山 / 177　　　　　　　野槐花 / 178

谭畅的诗

生离离生 / 179

安然的诗

给　我 / 180　　　　　　　　无果之秋 / 180

林馥娜的诗

我不在我之中 / 182

布非步的诗

西双版纳的情人——访达维什 / 183　　罗梭达 / 183

广西女诗人

黄芳的诗

喑　哑 / 186　　　　　　　　黄昏里 / 187

羽微微的诗

就像是所有母亲的孩子 / 188　　离　歌 / 188

陆辉艳的诗

在云杉坪看到的雪山 / 190　　　　　蜘　蛛 / 190

唐女的诗

动荡的小屋 / 192

安乔子的诗

这一天，人间无事 / 193

海南女诗人

艾子的诗

异性村庄 / 196　　　　　婚　姻 / 197

衣米一的诗

凝　视 / 199　　　　　白　鹭 / 199

死亡问题 / 200

许燕影的诗

棋子湾 / 201

河南女诗人

杜涯的诗

关于整体 / 204

扶桑的诗

有鳍的上帝 / 206　　　　　手 / 206

小葱的诗

风琴上住着繁星 / 208

苏果而的诗

让它们活着 / 209

湖南女诗人

张战的诗
稻　子 / 212　　　　　　听舒伯特《未完成交响曲》/ 213
谈雅丽的诗
情至雪峰山 / 214
邓朝晖的诗
最惬意的时刻 / 216　　　　　夏日午后 / 216
玉珍的诗
鹅　群 / 218　　　　　　　　月　亮 / 219
猫的傲慢 / 220

湖北女诗人

阿毛的诗
声声急 / 224
夜鱼的诗
我的痛苦不是一间黑房子 / 226
青蓖的诗
秋　水 / 228　　　　　　　　时间的回响 / 228
黍不语的诗
你在那么美的地方 / 230

山西女诗人

阿蘅的诗
穷人的葬礼 / 234　　　　　　梦太长了 / 235

内蒙古女诗人

刘晓娟的诗
月亮沟 / 238

北琪的诗
潜　水 / 239　　　　　　　　一条河在源头断流 / 240

青蓝格格的诗
高处不胜寒 / 241

唐月的诗
妇人之仁 / 244

晓角的诗
南　方 / 245

宁夏女诗人

瓦楞草的诗
在故园看雪 / 248　　　　　　更年期 / 248

查文瑾的诗
不辨春秋 / 250　　　　　　　白与黑 / 251
我们和影子互不相欠 / 251

青海女诗人

马文秀的诗
照进彼此 / 254

陕西女诗人

李小洛的诗
这一年 / 258

横行胭脂的诗
你一定见过北方倔强的星辰 / 260　　关中平原的冬天 / 261

三色堇的诗
在甘南 / 262　　我无法近距离地接近黑暗 / 263

田凌云的诗
田野里有哀乐 / 264　　母豹进化史 / 265

龙少的诗
暮晚时的雨 / 266　　蓝的玄学 / 266

周文婷的诗
读一棵树 / 268　　我需要辽阔指向我 / 269

甘肃女诗人

娜夜的诗
郊　外 / 272　　落笔洞 / 272

去马尔康，途经汶川 / 273

新疆女诗人

南子的诗
我喜爱 / 276　　病中书 / 277

张映姝的诗
哭泣的女人 / 279

如风的诗
旷　野 / 280

阿依努尔·毛吾力提的诗
挽　歌 / 281

四川女诗人

翟永明的诗

灰烬会落在你我头上 / 284　　永生是什么 / 285

桑眉的诗

第四笺 / 288　　一口井的逻辑 / 289

敬丹樱的诗

"只有死亡,才能将我们分开" / 291

这些柔弱的花朵被称作母亲 / 292

康宇辰的诗

蜀中抒怀 / 293

张丹的诗

爱的本质 / 295　　生命学徒 / 295

贵州女诗人

蒋在的诗

给我的不可多 / 298　　世间有什么 / 298

王冬的诗

屋　虹 / 300　　爱之海 / 301

云南女诗人

海男的诗

翻过山脉,我们再拥抱 / 304

在尘埃中奔跑看见火烈鸟在头顶飞翔 / 305

烈焰红唇下的春光之谜 / 305

海惠的诗

夜之诗 / 307　　追　忆 / 307

张猫的诗

切水果 / 309

童七的诗

酒鬼的时间 / 310　　　　　　　　　酒鬼自传 / 311

重庆女诗人

冉冉的诗

晨　歌 / 314

金铃子的诗

我穿着李二牌昆虫衫去了金子山 / 316　这个夏天 / 316
省　略 / 317

梅依然的诗

无　垠——在抚仙湖，兼致灯灯、唐果和王单单 / 318
江　边 / 319

余真的诗

雨　靴 / 321　　　　　　　　　　　爱的教育 / 321
献给河流 / 322

白月的诗

树 / 324

楚茗的诗

放大，再放大 / 325　　　　　　　　枯叶蝶 / 326

西藏女诗人

那萨的诗

崖壁上的花房 / 328　　　　　　　　海拔四千米以上 / 328

北京女诗人

蓝蓝的诗

蓝蓝,生于山东烟台,后随父母到河南,在农村度过童年。中学时代开始发表作品,迄今出版有诗集、随笔集、童话、童诗集多部,编著童话和诗歌读本两部。著有实验话剧一部(与孙晓星合作)、诗剧两部、舞剧剧本一部。现居北京。

敦煌日记之第 103 窟、217 窟
《法华经变》之《化城喻品》

朝着一个洞窟的深处他们走在
风沙弥漫的长路上。

到处是绿水青山的美景中,他们走在
荒凉无边的寒风里。

——相反也是对的。

穿过石青和石绿的矿脉,他们走进
穷山恶水的倒影——

红的、白的,藤萝花树送来芬芳,
他们的城市和楼阁是水晶做的。

透明的美人,琥珀色美酒,
风把一支芦笛吹奏成乐曲。

空气里的河流,清亮见底,
粗糙的手捧起一泓照见自己的泉水。

那被风霜砂砾打磨出的俊美,
那干裂的嘴唇上动人的闪烁。

愿你们在绝望的荆棘深处
找到宁静和幸福——

一座幻城在澄澈的行走中坍塌,
朝着一个洞窟深处你们走向辽阔的空中。

带着你们的驮驴和马匹,
以及越来越轻的罪业生苦。

猫与蝴蝶

门贴了防控封条,
猫就跳上窗户。

鸟叫,风晃动树枝
都使他发狂。

拼命抓挠纱窗就像那是
某人发痒的后背——

直到撕烂这层钢丝屏障。

我的猫大摇大摆跳进草<u>丛</u>
去追赶他那只
我从未见过的蝴蝶。

潇潇的诗

潇潇，居住北京，诗人、画家。出版中外文版诗集十二部。作品被翻译成英、德、日、法、西班牙、波斯、意大利、阿拉伯等多国语言。潇潇词条被收入文学词典《外国当代文学批评词典》（顾彬撰写）。

补　丁

她试着从心底拔出忧伤
疼痛又加厚了一块新的补丁
一艘载满伤口与划痕的黑潜艇
浮出灵魂的水面

清明哀歌

死亡累了，从门缝里
递给我一张纸条

上面写着："亲爱的诗人
听见子弹像猫叫春一样惨烈吗？
在乌克兰，炮火连天
死是一座收容所吗
人们在那里一次一次死去"

我摸着黑暗里透出光的纸条

发现我还活着
乌克兰的大雪抬高了我的脚步

我不能把恨、愤怒
这种败坏的物质
污染清明

今天，我面向乌克兰
倒下的骨骸
点燃三炷如伤痕的高香

在我安静的诗中
升起一炉火
喂养那些前仆后继
遗体的光芒

告别现象学
——与胡塞尔有关

疯语是荒凉的孤独
悬着创伤与退缩的四肢
在寒冷的夜
刷新战争新鲜的人肉
撕裂悖谬的

从"内"推到"外"
从"外"返回"内"

让下雪的灵魂
在瘫痪的壮丽中

尝一尝苦涩的甜味

这一次神经质的倾倒，沉默
在失血萎缩
子弹打开的小门
抖得厉害，嘎吱一声

分割的生活：长久的盲音

周瓒的诗

周瓒,诗人、译者、戏剧工作者、学者。现为中国社会科学院文学研究所研究员。1998年与翟永明等创办女性诗歌刊物《翼》。1999年获安高诗集整理奖,出版诗集《梦想,或自我观察》。2006—2007年度美国哥伦比亚大学访问学者。2007年加入北京帐篷戏剧小组,现为流火帐篷剧社成员。2008年与曹克非创办瓢虫剧社。出版作品包括诗集《松开》《写在薛涛笺上》《反肖像》《哪吒的另一重生活》和《周瓒诗选》,诗歌论著《透过诗歌写作的潜望镜》《挣脱沉默之后》《当代中国诗歌批评史》,译诗集《吃火》和《葬礼上的啦啦队长》等。

回环之诗
——给小翟

小时候夜读《聊斋》,爱与怕交织
醒在夏日南方的蚊帐中
文字故事幻绘出眼前图景
从窗棂探进来风的大手
轻轻搅动帐幔,而晨光改变着
它上面的阴影与气息:几个人物
服饰随便,一匹小兽出没不定
一骨灯笼起火,便烧毁画中娇娘
小儿附体小虫,妖怪以人为衣
一大早依旧梦魇压床,洗脸时
麻木里不敢一瞥一秒镜子
瓷面盆内,晃动的一捧月亮

也提示：长夜未尽，故事待续
而下回分解恰巧落进你的一首诗里
那里有人以菊为灯，照向起雾的大河

决　意

色彩嬗替的街边风景
细风吹落绽放殆尽的花瓣
油嫩的新叶像是树身挤出的绿血
我走在去年冬天新踩出的土路上
穿过桃树、银杏和连翘布置的绿化带
二月兰如同新铺的地毡
顶着一层青紫色软毛
我决意不再是我
萌生的愉悦并未加入轮回的游戏
咀嚼几个青涩的词
耳机中的节奏带动想象的舞蹈
流向四肢之端
要把这绵力传递到它应施展的地方
若能收放自如
若能凭着热爱和忍受继续
我就能接通生命的核心运化能量

安琪的诗

安琪,本名黄江嫔,福建漳州人。中国作协会员、中国诗歌学会常务理事。被评为诗刊社"新世纪十佳青年女诗人"。合作主编有《第三说》《中间代诗全集》《北漂诗篇》。出版有诗集《极地之境》《美学诊所》《万物奔腾》《未完》《秘境之旅:内蒙古诗篇》及随笔集《女性主义者笔记》《人间书话》等。现居北京。

深水之墨

我已厌倦这深水之墨对心灵的指引
在这空无一物的尘世
我曾经索取过多

难以辨认的往事
又费去漫长年月
一生的好时光有多好
行云流水,转瞬即逝

不能在深水中洗墨、化妆
不能呼吸
不能不顾左胸的隐痛

不能说
我曾到过的尘世
你也到过

青春落雪

阴暗的青春敷之以雪名为白
恰如死敷之以生名为在
当我们在
我们把不俗活成俗

众人皆云早,其时月黑风高
辗转反侧的沙发上
不眠者有四:
台灯、书籍
蚊子
还有你

你的青春敷之以空白恰如
我的青春敷之以丰盈

我在我的青春留下激情、混乱
和才华却在我的晚景
留下苍茫

你在你的青春虚度却在
你的晚年执迷

离开自己

我再次发现对自己的说服极其困难
如果用"现在"
给自己的余生定位则上半生形同虚设
而用"过去"给自己定位

则过去像一把椅子失去倚靠
的背,和支撑的四柱
于是我选择离开
留下"自己"在过去的椅子上
颓然倾倒
永无葬身之地。

西娃的诗

西娃，诗人、作家。2016年出版首部诗集《我把自己分成碎片发给你》，获得首届"李杜诗歌奖"贡献奖。出版长篇小说《过了天堂是上海》《情人在前》《北京把你弄哭了》。作品《外公》《或许，情诗》入选台湾大学国文教材。"李白诗歌奖"大满贯得主。获《诗潮》2014年年度诗歌奖、骆一禾诗歌奖、《诗刊》首届"中国好诗歌"奖、2017年磨铁年度十大最佳诗人奖。被评为《中国诗歌》2010年十大网络诗人、2021年李白诗歌奖十大诗人。诗歌被翻译成德语、印度语、英语、西班牙语、俄语等。现居北京。

通过自己的方式，留住你

把这个冬季，称为暖冬
尽管窗外零下5度，积雪在树根下
得不到融化。拉上落地窗帘
打开所有白炽灯，熏香机里
穗甘松、没药、玫瑰、檀香、古巴香脂
造就的隐形空中花园，使我如
一条被激素供养而快速生长的鱼
游走在光里，又像游走在看不见的水域里

穿着你送的衣服，吃着你送的水果
写着跟你相关的文字，一遍遍听
你留在我私信上不多的语音……
我像掌握了转世密码的人，有着
狂热激情和偏执，把这一切

变成日常，习气，惯性，血，肉，灵

让：起心动念里都有你，一颦一笑里
都有你，举手投足里都有你
睡去醒来都有你……直到成为业力
我死后，这些都能随我而去
且听见高人低呼：
"啊，她的气息里，藏有一个人……"

我能为你做的……

夜深了，我依然在看
你发来的照片——
马赛马拉野生动物大迁徙现场
野牛在集体奔腾，扬起的尘土
把夕阳下的草地撕下巨大裂口
狮子卧在烈日下竖起毛发
眼里、脸上、爪子上……布满饥渴
几匹巨大的斑马，在一棵树下
伸着脖子冲你傻笑不止
……

这些动物都成为你的背景
你面色苍白，长期咳嗽带来的不适
被宽大的墨镜遮去一部分
"你可能会成为任何动物的食物"

我想着，用涂改笔把动物全部抹去

现在好了，你已安全

野生动物带给你的野心和狂躁
也将渐渐平息

那一不留神就消失的……

你来过这里
纤毛样触碰我的心
当我择菜的手回过神来
你已离我而去

房间似乎有微弱的尾声
"我从不属于你一人……"

滴水观音喝完明晃晃的阳光
又吸收完白炽灯留下的投影
家具门像一排排僵尸
瞪着毫无热气的眼睛
看我从一间屋子到另一间屋子
从一番记忆到另一番记忆
无魂影子更像一闪而过的"逝"

而我和屋子中的一切
用了一个黄昏又一个黄昏
半个夜晚加半个夜晚
供养了一个身子一晃
很快就隐去的你

吕约的诗

吕约,文学博士、大学教师,现居北京。著有诗集《吕约诗选》《回到呼吸》《破坏仪式的女人》,学术专著《喜智与悲智》,批评文集《戴面膜的女幽灵》等。曾获首届骆一禾诗歌奖,作品被翻译成德语、意大利语、英语、西班牙语、日语。

数学家康斯坦丁的遗言

战争爆发后,27岁的数学家康斯坦丁·奥尔梅佐夫放下他的加法组合研究,试图返回他的祖国,失败后,在初春的清晨自杀。如同死于1940年秋天的瓦尔特·本雅明。这是2022年的春天。

他的遗言显现在
我的手机屏幕,每个句子
一颗颗毒刺导弹,袭击我日益坚硬的心

"我对人类极度失望……我为我现在的生活感到惭愧。"
——康斯坦丁,你怎么知道我的想法?
别人是靠什么战胜这种想法的?

"我想给塞梅雷迪定律涂上颜色,把数学当艺术,现在它不再重要了。"
——康斯坦丁,我也差一点放弃我的救命稻草:诗歌
诱惑我活下去的,是血液中那些尚未变成词的东西

"没有地狱没有天堂,我无处可去。"

——踏遍一切污秽和纯洁道路的但丁会为你引路,康斯坦丁
他也曾迷失在母狼嗥叫的幽暗森林

"我写这篇文章不是为了怜悯,是为了强调意义。"
——灵魂滚烫地进入死亡,康斯坦丁
你将死亡的冰窟烫出一个洞

治　愈

人在人那里受到伤害,额头发黑
逃到花身边,桃花、菊花、梅花,
逃到狗身边,哈巴狗、腊肠狗、牧羊狗。
花儿和狗慷慨地向他敞开门,
他从这扇后门溜进天堂,待了整整三秒。

狗和花儿受到袭击,
在快递员指引下逃到他那儿,
他的大门怎么也叫不开,好像睡死了,
门缝里又传出一片喧闹。
狗默默离开,心想:他跟人又和好了。

戴潍娜的诗

戴潍娜,江苏南通人,现居北京。《光年》主编。出版诗集《灵魂体操》等,文论《未完成的悲剧——周作人与霭理士》,翻译有《天鹅绒监狱》等。自编自导戏剧《侵犯》。被评为2017太平洋国际诗歌奖年度诗人,获2020年徐志摩"银柳叶"青年诗歌奖。现供职于中国社会科学院。

我脚下美丽的毯子正被抽走

天,我脚下美丽的毯子正被抽走——

顾不上了,头顶摇晃的星空
泪盈盈的水晶吊灯,别了!
我扑向一件件家具,它们先于我在这世上摔倒

扶稳了,酩酊的白银漆柜
睡着奶奶钝锈的纺锤:
记忆正失去,分不清它曾纺出黄金编织的屋脊

顶住!铜丝螺钿的大座钟,
请效法爷爷坚持跑步——
时针一圈一圈,从黎明奔到日暮,
荒谬世纪里精准得不容置疑
关在里面的时间已败絮丛生。
写信的老友们一个不等一个挂到墙上

母亲像一件珐琅瓷瓶,华贵而脆弱
从名工坊的花几上坠落,我侥幸兜住——
在掐丝暗纹里第一次,摸到她粗掉的
扼死野心的纤手:
都是为了造出这室中江南!
从小到大,明治时代松鹤屏风挡住了穿堂风
屏中时节流转。今天的风,
从它骨头缝里吹出来

衰老,如小偷钻进檀木窗棂,
偷走了所有好天气。
就连牛骨制的古董钢琴,
在父亲退休后也奏起了暴脾气的雷阵雨
这些年,它一直闲置,安安静静,
在另一处演奏父亲年轻时还没做完的梦……
吹到我耳畔的春风无始终,我真愿用毕生的
枕边蜜语去换取——坐下来,多听上它几秒钟
是的,就窝在这把雕花衬梨绿的旧沙发里,
木扶手上有我养了七年的小狗淘气的爪痕
——我珍爱的伤痕

阳台上的莳花与窗外有异,
不同的爱浇灌出不同的花朵。
多想把青春一股脑赔给昨日世界,却架不住
脚下斑斓的羊毛地毯正被命运抽走——
多少人像我一样,
住在摇摇欲坠的房子里
每一天与衰老殊死搏斗
努力将家具一件件抱紧

某刻起,我不再照镜。

鎏金镜框里是一幅狼狈的风景
画中人将灵魂赠予缪斯,
恳求她——将这番倒下的慢动作,
演成一出舒缓的《天鹅湖》;
缎带扎紧滴血的凳脚
餐桌永不熄灭
给每一位到访的客人斟满琉璃岁月

只有两次,我当真摔倒——在拿破仑三世的烈酒箱里;
救命!法国黑啤喝起来真像在嚼一块发酵的地板

盛　开

一想到你,天上的云就好看
五月,像一张书签般插入
我恰巧写到了生命最优美的一节

请你降临这本书中——
快来做向导,为我解说风
娟丽的风,踏入刚出生的原野
我已走过四季,
还从未张开白帆

许你这一页——
山川与我一同敞开

营地篝火递来舌头和请柬
生命飨宴如一场缓慢的礼仪
晚采的葡萄,若晚熟的少女
华章与美味,正一寸寸成熟

世间美好降落于一日

良辰美景本是一晃即灭
若写下,
便一直盛开

雪落在前门

究竟,是哪一年的牌楼,哪一年的雪
牵引这幻变的中轴线

蹬上老字号朝靴
鹅毛天赴约
眼前每一条路都失去了分别
若仅仅害怕滑倒,
我并不介意光脚,凌云健步

大雪,从中国的最北方一路赶来
走到今天,不改洁白

飘在鲜鱼口的糖葫芦上,
就是甜的冰衣;
落在黑天里,
便与乌贼对读
旧时旧梦,如宵鸣的白鸟
飞出严实的人间

邀请这个世界完完整整下一场雪
——许多年来我以为自己不配
碎落的星空,毫不妥协

幸好认出，它们就是那年消失的雪人
分明已是三月，谢谢雪
为我再下了一次

秦立彦的诗

秦立彦,加州大学圣地亚哥分校文学博士,现为北京大学中国语言文学系比较文学与比较文化研究所副教授。研究领域包括中美文学关系、中英文学关系、英美现代诗歌、中国电影,出版诗集《地铁里的博尔赫斯》《可以幸福的时刻》,译有《华兹华斯叙事诗选》。

旧的电子邮箱

我忽然想起自己有几个旧的电子邮箱,
密码已经忘记。
里面还堆满生尘的邮件,
或许有新的广告投进来,
或许偶尔有一封探问的信,
如同抛入大海的石子,
听不到回音。

再过一百年,
我们会留下多少电子邮箱?
每一个都挂着生了锈的锁。
我想象它们堆积在旷野,
一眼望不到边。

还有无数不再更新的微博、微信,
并不消失,然而失去了体温,
仿佛太空中飘浮的飞船碎片。

散　开

当时我们一起出发，
大家手拉着手，
仿佛幼儿园里做游戏的孩子，
分不清别人和自己。

一年一年过去。
有一天我们忽然发现，
人们都不见了，
周围这样安静。

有几个人无声地消失于黑夜。
别的人们走在了别的路上。
歧路通向更多的歧路，
通向平原、山地，四面八方。

我们散开，
如同遥远的星。
我们的光许多年才抵达彼此，
我们永远无法同时。

顾春芳的诗

顾春芳，笔名四月，北京大学艺术学院教授、博士生导师，北京大学美学与美育研究中心研究员，北京大学戏剧与影视研究中心研究员，北京大学文化产业研究院研究员，教育部高雅艺术进校园特聘专家。

霜　降

还来不及褪去最后的一缕绚烂
在隆重的谢幕中隐退，
就被这突如其来的苍凉覆盖了
光辉的余韵，秋天在四季的枝头坠落。

燃烧的枫叶瞬间收熄住窜动的火焰，
遗落了去年此时的缤纷。
灰色的霜冻，把它提前交还给命运，
寒气和僵硬从大地的深处潜行上来。

花瓣卷拢，果实委顿
那曾被十月感动的晴空和斜阳，
也变得忧郁和阴沉，
幽寂地徘徊在枯芦和败草的叹息里。

还来不及酝酿好别离的心情，
大地就这样苍白得一发而不可收拾。
在这不可收拾的苍白里，

如何能整理出一些快意和情致。

在那积雪和浓雾的黄昏，
不至于快速地黯淡了年华。
这一场突如其来的霜降，借着你
正好从容我那颗凌乱而又惆怅的心。

孙晓娅的诗

孙晓娅，首都师范大学中国诗歌研究中心副主任、教授、博士生导师。

是谁悄悄拉响风铃
——写在米一两岁生日之际

日辉化作沁馨的笑靥
如蝴蝶在公主的园囿里
追着风儿翩然舞蹈
扇起满世界芬郁的花香

是谁悄悄拉响风铃
探出娇嫩的面庞
两年前到访这个世界的你
只为了今生黄鹂般地歌唱

一米的多元宇宙洋溢着
米一皓齿银铃的童音
奏响童话世界的序章，它们
昼夜闪烁星星的灵光

掬一捧瑶池的琼浆
摘几朵纯净的雪莲或格桑花
插在你天真的乌丝里
静看它们展开奇幻的想象

杨碧薇的诗

杨碧薇,文学博士、艺术学博士后。学术研究涉及文学、摇滚、民谣、电影、摄影、装置等领域。出版诗集、散文集、学术批评集等五部。有网课《汉语新诗入门:由浅入深读懂汉语新诗》,入驻腾讯视频和知乎。

下南洋:万象

人影熙熙
那热土留给你的终极一瞥
是一头灰色大象远去的
背影
后科技时代,你与红尘的全部和解
在暖风渐凉的黄昏如瓷玫瑰烈焰般喷开

下南洋:栴檀晚钟

这将是我最后一次听到西萨格寺的
晚钟。它清越、警示,余音私带了一钩
浅青的回旋。拨开栴檀微苦的暮霭,它
划开一个扇面。而我的告别,
踞坐于折扇之内,在既往与此刻的罅隙里,
抛光最后一条弧线。

身为公主,我最大的财富是孤独。

知识与伦理，像两副生锈的铠甲，
日复一日保卫我，也局限我。
"除了高贵你别无他路"
它们模仿教养嬷嬷的声调说：
"你怎能与众女子相同？
世俗生活给你的幸福，如梦幻泡影，
比那只唱破了喉咙的画眉还虚弱。
你真正的幸福，在这个时代无一人附和。"
多么冷冽的谶语，利剑刺穿不了它；
美貌、才华、自持……
我拥有的一切无法换来一段真情，
只能成全一份实用的婚姻。

去吧夕阳，我要毁灭我身上
无与伦比的厚礼。
在暹罗部队踏平栴檀的围城前，
我成功策反了两副铠甲，把它们嵌入
我的肉体。
"不接受，不认命。"我们爬上西萨格寺
最高的屋顶，朝月华的飞瀑纵身一跃……
"听，战鼓声如雷雨般迫近。栴檀的城砖，
将在羽管键琴的教化中练习陌生的舞步。
未来世界，黄金波诡薄脆。
而在我唯一的一次任性里，
死，是自由的不二选项。"

雪后初霁

就在她为怀炉锦套换上
新打的穗子时，那条又黑又脏的

旧毛毯，飞向了碧霄。
突然放空的阳台，波浪纹晶膏逆着光，
外表清冽，内心热烈。
啊，腰缠金铃的风，
昨夜还是自然的暴君，今日俨然
恋爱中的女人。
窗外，滑雪的珠链串起下午和黄昏，
鸟雀们谈论提前到来的寒冬：
"还有几斤韶华可虚度？
且看这弹指尘寰，
欢乐有多小，痛苦就有多大……"

她静听着，待怀炉中沸水
滚烫视线里的蓝水晶，幽幽一叹：
"若干年后，这眼前景象，
只会存在于 AI 技术的西洋镜。
不变的，是未来的你我仍在追逐的糖葫芦——
它有酥掉牙的甜，
也有不顾一切的刺尖。"

葭苇的诗

葭苇,诗人、译者。著有诗集《空事情》(新行思即出)。

我爱你

从你的唇,抵达我的唇
除了口型,它还拿走了我的什么?

手因赤裸而流汗
它扛过面粉袋,掂量过几枚小钱

如今,它张开
把微烫的舌尖关进去

然后,把音符撒进
他因刈割咏叹而嘶哑的喉咙

那是我们为彼此诞生的词语
像海滨的葡萄园缀满甜美的
可以相赠的果实

——仅仅是不要轻易触碰
也是一件快乐的任务

空事情

离开时,西双版纳正陷入漫长的雨季。
香烟盒空了。一缕烟连上另一缕,
好像是讲了讲沉默以外的事情。
睡前,和友人交换昨夜的梦境。
这孤独的集中营。雨林的版图,
是榕树用情网编织绞杀。
活下来的,只有几树鸟鸣。
雨水绕膝。因为爱,我无法
说出得体的言语。习惯于
掏出嘴唇这心爱的手枪,
用孩童讲故事的语气,
对着从未进入的美,杀了进去。

李琬的诗

李琬，1991年生于湖北武汉，现居北京。

三　姐

远在南国的三姐祝我生日快乐，
跟我说在他乡离了亲人，一定
照顾自己，我说仍能感到家人温暖，
仍可以通过一个孤立的夜晚
回忆你火焰般的绯红衬衫、长裙。
成年的我身量也和你相似，
却再没有那样的阳光供我穿在身上，
像一只手曾领我绕过虫豸的尸体，
认识蔷薇或众多碎片聚集的气味。
你在四十岁上又添了小女儿，我说
三姐好福气，你确实满意，世界
从最后恪守清洁的乡野转变为忙碌的一隅，
种子包蕴的生长，从未变为理解的狭隘。
我这个做小姨的有些惭愧，
侄儿拉的小提琴我只听过两天，
也没记住过他们生日。
我羡慕你和姐夫，结婚十六载
还能在餐厅投身游戏，用深吻换得好食物，
你也不在意那些微小的错音，
这是你一贯的美德：宽容体谅，从不首先
计较自己的得失，把儿女和丈夫

当作人间的礼物。想到这里，我又反常地
思念起你低柔的嗓音，雨后天晴的平原落日，
你拂去座椅上的水滴，带我见识非同寻常的
树林，万事闪耀野兔绒毛般的白光。
其实完成这些并不费力，少女拒绝听从，
但也学会了削梨子，忍耐孤寂，节制地同情。
父母身体尚佳，你不必担心，他们刚刚问起
我的学费、定金，一边搜索英镑汇率，
我琢磨着腾出一些空闲打理
还未出手的旧书、旧首饰，省下买衣的钱
坐车，去你早已熟悉的站台看一看
那些太近了的、我还不太理解的生息之地。

赵汗青的诗

赵汗青，山东烟台人，毕业于北京大学中文系。曾获光华诗歌奖，曾参加青春诗会、十月诗会等，作品见于《北京文学》《诗刊》《星星》等刊物。

1997年冬，赵汗青致卞之琳

一

我们多么轻巧地成了陌路，之琳。
1997年，那个一切都在纷飞的世纪
终于要驶向终点。而我还躺在摇篮里
混沌着，浑然不知向你
伸出手臂。摇摇，也许我就会抓住
奶瓶、安徒生、床头风铃上的
小马与天使。遥遥，我不知道你还
遥遥地活着，像另一个世纪的遗物，之琳

同样的月光照耀过我们。月光，和
199.7万年前装饰大熊猫的梦一样
装饰着我的梦，却唯独装饰了
你的窗子。记着你的人都死得
差不多了，月光
像一盏灯。你曾
提着它走进汉花园又
提着它走进防空洞，很快也要提着它

走上黄泉路。故人在月坑的阴影里
用雪,递来冬天的日历——大雪日
你和轻咳的日历一样敏感,又和
大雪一样茫然。

冬天,我是被连环画、动物园还有
钙铁锌硒维生素
越堆越高的雪人。而你却在融化着
从大雪,融化成小雪。

二

融化成一部漏洞百出的《红楼梦》
最完整的一章叫
《卞之琳焚稿断痴情》
太平洋上的贾宝玉披上雪盖头
一去不回。美玉又在床上卧病,怀着
肺痨般的瑕疵。床脚的火盆
战火纷飞,像一种永不熄灭的40年代
我看着你的残稿和
残稿一样的你,有一种
遗孀跪在战后第二年的春天里
捡拾花瓣的平静。很多时候我想
问问你们这些死过的人
是否被文学骗了?就像我,至今仍觉得
文学就是长生不死。每一个印好的铅字都是
含铅量超标的仙丹——我爱。
我在白天吃夜里吃兑着酒精
也兑着咖啡因吃,有时吃得多了
还会呕出几枚。像蚌
在受伤时呕出珍珠,朝大海托孤仿佛

这才是自己的遗腹子。

三

蚌。你肯定比我更懂它——从肉里挤眼泪
越晶莹便越悬挂。我们把珍珠留下
去她胸口簪花，用唯一拿得出手的骨头
为她招蜂引蝶吧。来吧，给我贝壳
给我一双被割掉声带的翅膀。爱……爱？
爱。我们一直在说爱，不是因为有多爱
而是爱的发音最简单。我们被按在泥里
张嘴，张嘴，想说话的样子看起来如同
想飞翔。那么，我们吃下沙子会不会也像
吃下了云。

"空灵的白螺壳，你，
孔眼里不留纤尘，
漏到了我的手里
却有一千种感情"*
神秘的白螺壳，我，
孔眼里涛声四起，
我把它捧在耳边
听到了一千种呼唤——
"喂，东海螺？"
两岁时，我站在床上
如是问。那可能，是我第一次
听见你。

注：* 出自卞之琳《白螺壳》（1937 年）。

天津女诗人

刀把五的诗

刀把五,天津人,90后,诗歌偶有发表。

问　候

昨晚看见
你送我的星子们
还在天上闪耀
想问问
我遗落在你家楼下的
那一瓣嘴唇
就是你扔出窗外的
那一瓣儿
在你亲吻别的姑娘时
有没有开出花儿来
它们是什么颜色

给自个儿

突然,好想她
想她一个人的这些年

心痛得像,这个世界上

只剩下她一个人

上山的人啊,可曾见过我的莘莘
她一个人去了兰若寺

是风把她带走的,是喜鹊
一路领着她,走到大殿里去了

心上人看过的落日,不可说
她带走的所有好,不可追

河北女诗人

李南的诗

李南,出生于青海。1983年开始写诗,出版诗集几种。现居河北石家庄市。

想青海

想起它时
我总会放下手中的活计
想起它时
在热闹的酒桌上兀自发呆。
那儿没有我一处房产
也没有为我留一块墓碑。
群山打着补丁
戈壁滩面带菜色
古代在那屯兵
活佛在那坐床……

每年、每年我拖着行李箱回去
去那里补充能量——
碗子茶刮给
手把肉香着
草原上的经幡呼唤我
祁连山的风雪把身体沐浴。

你可以说这片土地荒蛮、缺氧
只不过风景绝美。

可是我啊，长久以来在外漂泊
多少个日日夜夜无精打采
只要双脚一踏上这里
所有的伤痛和暗疾都不治自愈。

一个人在镜中

一个人在镜中，无法看到罪性
只能看到日渐衰败的脸。

一群麻雀并不因为田中的稻草人
而收敛起自己的坏脾气。

不要以为识字就有文化
不要小瞧灰烬携带的使命。

走进莽莽群山，穿越茫茫沙漠
你会渐渐放下复仇的刀斧。

乡道上高过人头的蜀葵落满灰尘
仍能开出红花和粉花。

非法的爱，得不到祝福
野草有时却可以成为珍稀药材。

死亡里都有一种恐怖的味道
没有谁会长久地迷恋。

在他人的泪水中，你感觉不到疼痛
只能找到逃生的出口。

落日也能发出强悍的光芒
黑夜同样会孕育闪电，诞下雷霆。

柿子红了

柿子红了
落叶飘飞
那天我在小树林里
久久徘徊……
有一天，我也将
由尘世从容退场。
那时候
花香，鸟叫，蝶飞
浮世繁忙
我不再是我
而是无名的灰土
唯愿做这样的人——
说出的话
算作遗嘱
未说的
皆为诗意。

胡茗茗的诗

胡茗茗,一级作家,曾参加第二十三届青春诗会,鲁迅文学院第二十二届高研班学员。获2010年度中国作家出版集团奖、第三届中国女性文学奖、第十一届河北省文艺振兴奖、第四届叶红诗歌奖、《诗选刊》年度"杰出诗人"奖等。

我能说出的部分

想象一下西山的通宵夜饮
分别时,火红的凌霄花落满水涨沟
再想象一下你我顶着各自的月亮
走不动时就坐在恒温的石洞口
短时间的潦倒,大范围的倾诉欲
倒退的滴漏和年份
我们预言野蜂窝里蜂王雪白
可它不是必然

我们一事无成,心中住着英雄
我们墨守成规,眼里杀人越货
页岩的山洞被酒缸占领
十年陈,二十年酱香
只能说说酒话,洒家这厢有礼了

走在山里的人常常停下来
和群山谈一谈
这时候不需要声音

也不需要《道德经》

梦不到狮子的日子

我从来没有帮助过太阳升起,但是
某一天,我看了四十次落日
他来来走走,他如此彻底
于是我准备开花

这心愿甜得就像一个节日
请赐我今夜梦见一头狮子
为此我临睡前已感到提前的快乐
窗外依旧有白云,有不认识的星斗
避开远处高楼的压迫
我确定那里有我想要的
越靠近狮子也越靠近失败
可我们梦不到狮子的日子已经太久

什么样的血气配得上抬头一片天
什么样的酒配得上突如其来的心酸

施施然的诗

施施然,本名袁诗萍,中国作协会员、河北省文学院签约作家,出版有诗集《隐身飞行》《唯有黑暗使灵魂溢出》等五部,曾获中国十大女诗人奖、河北省文艺振兴奖、三月三诗歌奖等,诗作被译为多国语言发表,画作多次入选美展或被收藏。

最好的日子

就是被清晨清冽的鸟鸣唤醒
(而不是闹钟)
头发松松地挽在脑后。依心情
画一画眉目。也可以素着一张脸

窗外的果实已经成熟
沉甸甸地压低一树枝叶
松鼠、灰雀、草蜢
想偷吃就偷吃吧
随手摘的,已足够我
酿制几大坛梅酒、果酒、桂花酒

不喝茶的时候,我就煮一壶咖啡
要用桐君山上的山泉
洗去我行走半世的尘埃

午后要有雷阵雨
轰传的雷声,刚还在耳边,转瞬

已滚过天边。草木、牛、鹅
在雨中不肯移动半步,等待我
将它们入画、入诗
浓墨淡笔布局在纸上

落雪以后,我们就不再出门了
守一炉温暖的炭火饮酒
谈什么官运、仕途、风流事啊
都俗。只要一想到
你就在隔壁安静地做学问
我就想对你相视一笑

泪　痣

约定时间的最后一秒,她出现在
壁炉照亮的红丝绒沙发上
琉璃吊灯透出几何形的光
照见她微笑的时候,眼睑下
有一颗飞翔的小痣

我把她比作晚清
深宅绣楼里的大小姐
貌美、富有,璎珞矜严
名声在外。她没回答
精致的指甲在穿制服的用人
放稳的红茶旁,轻敲了敲
平静面容下
露出一丝戚然之色

她的确是晚清深宅大院里

矜贵的小姐、少奶奶
在人生剧本里演绎昂贵的禁锢
坐拥一切。也失去一切

唐小米的诗

唐小米，居河北唐山，出版诗集两部，中国作协会员。

夜　　晚

身边人睡成了机器。呼噜噜，呼噜噜
呼……噜噜，咳咳……他翻了个身
有根链条生锈了。她想
如果钻进一场睡眠，就能找到。可如果
弄坏一场睡眠，他的梦
就会恨我

真像睡在一列旧火车身旁，一列生锈的铁
一列奔驰的锈

想到这，她往旁边又挪了挪
月光真好啊。想到这
她伸出手
轻轻握住他的。月光，像完成了一个神话那么好。

证　　词

一群羊在吃草。破旧。是一群老羊
在尘世翻滚过，一身复杂的卷毛儿出自
命运美发店。当它们

被阳光照耀
我想起诗和远方

放羊人更旧,上身赤裸,斑驳的古铜色
在蜕皮。
而大地像个智者,用食物引领一切
羊需要草,就长出草。人需要羊
就长出羊。

我看见远方开来一辆蓝色货车
车门处写有利民羊汤馆的电话
但羊群
像什么也不知道,它们中有一只
还发出轻柔的咩咩的唱诵

现在,草地只剩下放羊者一个人
就像大地刚刚被收割过。
他也看见了我,一个长久的旁观者
但我们都像没看见一样
继续注视着虚空处在想象中
沸腾的羊群。

秋　天

玉米熟了,集体垂下穗子
它们等着拿镰刀的人
这是它们的命运

秋风先来了
秋风是个带刀的过客

他只收割青春

一只蛐蛐儿在玉米地歌唱
它唱深秋收获的歌
唱收获之后离别的歌

田耘的诗

田耘,中国作协会员,曾获清华大学出版社迎国庆七十周年全国最佳诗歌奖等诗歌奖二十四个,入围第三届昌耀诗歌奖。著有中国第一部城市史诗《石家庄长歌》、诗集《飞走的堂·吉诃德》,百万字作品发表于《诗刊》《解放军文艺》等。

公元523年·张家口·六镇首义怀荒镇

美国纽约大都会艺术博物馆收藏的一块
石灰石浮雕中央,宽衣博带的北魏孝文帝
与一支礼佛行进队列的构图再和谐统一
也无法拦住那座即将喷发的火山

北魏末年,炽热的岩浆正四处奔突:
民族矛盾、阶级矛盾,统治集团与汉族地主
豪强的矛盾,中央政权与旧部落显贵的矛盾
三十年、八十万人工、十万尊佛像
一连串沉重的数字
让胡太后的云冈石窟,在千年后的
大同武周山上成为震惊世界的瑰宝
却在自己坐着的火山下添了一把火

阴山山脉与北魏长城脚下,世守边陲的
"开国功臣"——六镇鲜卑将士的怒火
来自饥饿的肚子,更来自洛阳的冷眼
来自从高处低到尘埃里的命运

523年北方大旱，颗粒无收
柔然首领阿那瓌瑰率三十万大军来犯
在六镇最东端怀荒镇（今张北），镇将于景
驱使饥饿的士兵应战，就是将炽热的熔岩
逼出火山口，就是为北魏王朝奏响挽歌

北魏末年各族人民起义示意图上
一场缩小为两千万分之一的火山喷发
开始是由点到线：从怀荒镇向西
柔玄、抚冥、武川、怀朔、沃野
六镇的怒火迅速燃成紫色的一大片
后来是由线到面：紫色、红色、绿色
各色火焰即将把一张北魏地图烧穿

此时的魏都洛阳风雨飘摇，改朝换代
只差压垮骆驼的最后一根稻草——
高欢，这个流淌着汉人血液的鲜卑人
（高欢祖籍河北景县）
赤手空拳从怀朔镇大青山脚下
一路走来，在自己的老家河北
凑齐了天时、地利、人和

高欢的一张嘴
安置下了六镇的二十万降兵
洛阳，正在向他招手

艾蔻的诗

艾蔻,原名周蕾,中国作协会员。鲁迅文学院第三十一期中青年作家高研班学员。曾参加第三十三届青春诗会。获第十九届华文青年诗人奖。出版诗集《有的玩具生来就要被歌颂》《亮光歌舞团》。

风　车

坐高铁时会想起
飞鸟掠过头顶也会
在石家庄裕西公园散步
或者在兴隆热带植物园跑步
都会想起,风车
想起巨大的风车慢慢旋转
用熟悉的、令人感到安全的方式
想起带动风车旋转的力
以及风车旋转所产生的力
何等强大又何等坚定
想起它周而复始地旋转,旋转
以至于
不肯想象它停下来的样子
以至于失眠的夜里
往事涌上心头
有时是风车,有时什么都不是

写给九月

如果说不舍,必定
出于某种私心
说大江东去
又多半郁结着未了情
若一言不发,只是站在江边
任凭九月的傍晚独自沉落
这情形更叫人沮丧
哪怕说一堆废话
絮絮叨叨又哭又笑
也好过沉默
九月就是这样,来回纠结
代表一种最大最危险的
不确定
同时又是这场不确定中
最坚定不移的飞行
第一次飞,毫无经验
硬生生把你拽上天
如果由此推断
九月等同于狂飙
那就又错了,至于错在哪里
谁都没法说清
毕竟
江边离愁"念天地之悠悠"
那么大又那么不确定
我不得不张开双臂
抖落了所有,像一个
只需要拥抱的玩具

辽宁女诗人

宋晓杰的诗

宋晓杰，生于辽宁盘锦。已出版各类文集多部。一级作家。曾获第二届冰心散文奖、首届紫金·江苏文学期刊优秀作品奖——《扬子江诗刊》奖、第六届全国散文诗大奖等。两获冰心儿童图书奖，三次入选中国作家协会定点深入生活项目。现供职于辽宁文学院。

台风过境

飞机开始下降高度
她从两千公里之外归来
空无一人的房间里，有了烟火
他们开始扮演自己
说简短的话，在手机上
发字符、表情图，打趣儿、调侃
掩饰内心的戏剧冲突
有时说长长的话，没完没了
有时，则是大片的空白
各自发呆，心照不宣

气象预警说，台风正在过境
一头发疯的巨兽，身披青铜铠甲
扫荡。吃土、吃树，也吃人……

在屋子里，她不安地走动
疾风骤雨的窗外，忽然电闪雷鸣
她赤足奔向呼啸的阳台，转而颓圮

像倒塌的墙，瘫倒在角落——
通透的落地窗，影音效果的宽银幕
一顾，倾城……再顾，烟雾蒸腾
指间灼烫。波斯地毯上
缠绕的藤蔓间
多了一个，黑洞……

四月的土豆田

四月了，虫子翻身
雪转为雨，犁铧闪亮
平整土地的时刻，已经到了
翻耕，点种，浇水
再给它几个响晴的大太阳
小号似的春风，柔软，嘹亮

妈妈家别墅后院的空地上
有一块，现在可以叫它土豆田吗？
——四月的土豆田
其实，还没有一点儿模样
可是我有耐心等
等它们慢悠悠地醒来
向下！向下！循着细韧的根须
荡秋千，顺便埋下
惊雷和闪电

妈妈说，那一年，在乡下
我出生在祖屋的时候
左邻右舍正在各自的耕地里
满头大汗地起土豆——之于别人

我只是多出来的一个土豆
妈妈说,对她来说
我可是她的粮仓

袁东瑛的诗

袁东瑛,中国作协会员,作品见于国内各大报刊,曾获得全国第二届梦·乌镇诗歌大赛一等奖、2016年度《诗选刊》优秀诗人奖、首届《海燕》诗歌奖等,诗歌入选《中国年度最佳诗歌》等十余种年度选本。出版诗集《袁东瑛诗选》(汉韩对照)、《珍藏疼》。

爱 情
——读米兰·昆德拉

夕阳被粉碎了光芒以后
就会到达黑暗的边缘
仿佛是流亡者的私人会晤
遇见,是一次偶然的巧合
一切要从布拉格的上空开始
贝多芬的最后三部四重奏
让偶然性更具备了魔力
黑暗空寂,正渴望另一面的世界形成
恰好,爱情需要与寂寞的人碰杯
恰好,她手里有一瓶白兰地
他举了一个空杯

之 间

从一片荒草中,我读到死亡的词语
冰冷,没有仪式的告别
正像一个人的离去

一人一人一人
人们正解释生命终止的病症
墓碑,永远只是块石头
一个人,一块墓碑
成为,不再说话的石头

很多悲伤都是有理由的
并不都哭得无缘无故
自身的来龙去脉再清楚
也都很短,很短
刚看见晨光,就遇见余晖

手　势

它被设定了无数次
很久在半空悬着
有时垂下来
像一棵落尽慈悲的树

风来了,随后便是荒凉之潮
没有青草,也没有绿叶
但它还在,指出问题
却指不出答案

这像一个更早的期待
盐与沙,空气与水,树木与风
它们保留了与世界的联系
但时间,在慢慢解扣
挽留与告别,多像双重的悲伤
永久地静止在那里

臧思佳的诗

臧思佳,毕业于北京师范大学文学院。中国作协会员、中国音乐家协会会员、中国报告文学学会会员、中国作家协会第九次全国代表大会代表。出版诗集四部、长篇报告文学四部。

左右是女子

他只说了一个字"好"
你就听成了声音里的一座城堡
你不知道他在回答你多少问号
也不知道,拆开这个字
他左右的女子有多少

改

改,这个字
看起来就很痛
满身棱角和刀刃
偏旁部首都是各自反向
就像一只刺猬,把每一根刺
都转向自己,和
过去

吉林女诗人

张牧宇的诗

张牧宇,笔名小鱼木语,满族,作品散见于《作家》《诗选刊》《星星》《诗刊》《青年文学》等刊,有诗歌入选年度选本,出版诗集《沿着时光》《又轻又小的美》。

再续一杯虚无

接着说说秋天吧
熟透的果子落下来
成为蚁虫的食物,或者重新被大地收回
果肉腐烂,蕴含着你所忽视的深情

我们开始懂得疏离和秩序的意义
隔着一杯茶
存在于踏实又温暖的飘忽之中

请再续一杯虚无
给离别足够的空间

修　剪

秋天大抵就是这样
连续阴雨后,天空仿佛新生
清晨飘着的那丝云也散去了

我剪着月季的花枝,咔嚓咔嚓
新枝芽很快就会长出来
它并不在意霜冻的天气哪天来临
如果来临,它就休眠
清除掉轮回的记忆

而我们身体沉积得越多
剩下的反而越来越少

我继续修剪衰败的部分
留下了记忆的芽苞

黑龙江女诗人

李琦的诗

李琦,哈尔滨人。出版诗集、散文集多部。

美人母亲

母亲一生,被人夸奖美貌
我的同学,已经做了祖母
她见到我还说,小时候
你妈妈是我见过的最漂亮的人

我的妈妈,自己也深以为然
她心无城府,好几次,望着我
惋惜地吐露遗憾:你越长越像你祖母
相貌上,你真没有随我

好几次,我明说或者暗示
一位母亲,尤其已经年迈
真是没必要以相貌为荣
她不正面回答,却有过一次叹息
"哪有什么可引以为荣的事情啊"

晚年,当她患上认知障碍
记忆开始混乱,唯有美貌这件大事
依然重中之重。一次,一位兄长来访
他是名医,怎样吃药,怎样养生
兄长不厌其烦,向父母一一交代

他走后,我请母亲重复一下那些嘱托
她却茫茫然,沉浸在一种满足中
你听到了吧,他说,从小就知道
我是哈尔滨的一个美人

真是无语。我喝令这位大美人吃药
去拿水杯的时候,看到橱柜上的老照片
年轻的妈妈,颈项修长,望着远方
那是她深信的未来。她确实漂亮
眼睛清澈而有光芒,还有一种
现世已经稀缺的羞涩和纯净

雪 花

以最小的身姿
以一种最具说服力的呈现
让地面上卑微的人
遥想天堂

雪花与雪花之间
就像完成一场聚散
雪大的时候,让人恍惚
难道全世界的白蝴蝶
共赴一场约会?

万物呈现的角度,奇异而迷幻
此刻大雪阵阵
像浩大的出发,像慨然奔赴
解禁之后的狂欢

无边无际地开放

一片一片的轻盈，汇集起来
竟有如此的力道
硬是把堆满心事的人间
抬了起来
一朵一朵，一阵一阵
简直就是，要虚构一个世界
真有构思和布局
童话城池，恰到好处地完成

每一条街巷
都多了凝神或者抬头仰望的人
尤其是孩子，他们眼眸晶亮
确信真有九霄云外，也只有他们
确信善良、诚实，就能看到天使

整座城市，一动未动
却在无形中经历了某种修改
浮世依旧，遍地尘埃
看上去，却上升了几寸

大雪不知道

大雪不知道
自己名叫大雪
就如那些被命名的山峰与河流
它们耸立或者奔涌
从未得知被命名的缘由或者寓意

大雪古老，而且年年重复
飘洒、降落，并不花样翻新
逝者如斯，犹如那些经典
你阅读多年，很多章节早已熟稔
依旧会手不释卷，怦然心动
而且，随着年岁、境遇、磨砺或沉浮
会生成新的认知和惊喜，甚至
不断刷新觉悟或者自卑
或许，可以称之为伟大或恒久的事物
自身便具有，这神秘而不可思议的魅力

我看了六十几年的大雪
它也年年看我
我想，我们之间，早有了默契
我知道，可以在雪地上欢呼雀跃
可以没完没了，抒写有关雪的诗句

但更多的时候，你需要凝视
相当于自习，用心默读
你会找到和它同样的频率
不是雪花，永远无法知道
它是否有也过百感交集
但你却可以，专注地观察

看它，从高处降落人世
形神优美、肃然、沉静
那是抵达者的从容
吟咏、赞美，包括诟病
对于它，那都是身外之事

安海茵的诗

安海茵,黑龙江省作协全委会委员、哈尔滨市作协副主席。现供职于某编辑部。大学期间开始文学创作,有小说、散文、诗歌发表并收入各年度选本。

谁一再掠过唐河的歌喉

荆芥以稠密的凉
清洗翻山越岭而来的客人
他们走过的大路和小路
都为寻访唐河的长调短歌

光阴的拨片弹亮小面积的暮色
简直要磨薄银质的月亮
星光就这样又丈量一遍
漫游者的胸腔

啊,秋风就要吹拂山冈
谁在此刻依然行走
谁一再掠过唐河的歌喉

哲思者永不熄灭
分秒必争地偏爱
这整匹整匹的花幕和晨昏

孙大梅的诗

孙大梅，1991年毕业于鲁迅文学院暨北京师范大学文艺理论系研究生班。出版诗集《白天鹅》《失落的回声》《远方的蝴蝶》等多部。

墓　地

落日正提着，自己的大红灯笼
——照亮四周
也照亮了，墓地里的八方来客
不久我也会，不请自来
跻身在大自然中，成为一块
永久寂寞的石头。这
仿佛是所有生命的最后归属

袁永苹的诗

袁永苹,诗人、编辑、译者,曾荣获2012年度DJS艺术基金会第一本诗集奖、第七届未名诗歌奖、复旦"在南方"诗歌提名奖等奖项。著有《私人生活》《心灵之火的日常》《人鱼表演》,译有《别去读诗》。

一朵花上的灿烂星宿

我在我的时光中站着,
必定要向一棵树学习
一朵花上的灿烂星宿。
我必定要吃花,
必定要以花的波动为食物。
我的诗必定要回到一只鸟鸣,
必定从它们的死地后部写回。

我在我的时光中站着,
我必定掏出过一只大山雀
和它内部的管弦乐队。
必定站在两只交换羽毛的耳朵上听,
取得笼中乌鸫与巴赫大提琴的和鸣。

我在我的时光中站着,
我的诗行必定要
写在抽象的绿色池中,
必定要适时地抓回一缕

新鲜而陌生的感性,
拴在人类知觉摇动的茎秆上。
弯曲,向着命运流动的大海,
挽留一生注定消退的抽象。

山东女诗人

宇向的诗

宇向,著有《哈气》《宇向诗选》《我几乎看到滚滚尘埃》《向他们涌来》《女巫师》《阳光照在需要它的地方》《口袋里的诗》《其他的事情》等诗集。曾获"第十四届华语文学传媒大奖·年度诗人"等称号。

泥　塑

用泥塑你心
的形状
塑你的肺腑和一点点束缚
塑你的唇和唇
塑冷血。塑你洗过的空胃
以及食道里没有一粒米
齿间没有一丝菜叶
你停止了排泄
塑你生殖器自在
呼吸无起伏
逼真使人相信,你在呼吸
你仍在呼吸

我塑你的手穿过你的皮
指纹追上你的脑褶皱
塑你的手插足你的国土
流动的瞬间,跳动的瞬间,搏动的瞬间,勃动的瞬间
走的瞬间,藏的瞬间,比拟的瞬间。塑你放手的瞬间

像沙漠塑出巨浪
冰霜冻结了士兵。我的手
塑出你漫长的苦修：出于专注
放进了经文和钱币：出于爱
出于爱
我的手塑造了歧途

你盛"光"的容器

透明容器
可以盛浅的，深的
橙黄，铜黄，白柠黄，脓黄，霉黄，鸡油黄
它们有时清，有时浊：
尘粒，血丝，葱膜，碎网，液泡，鳗鱼般的
稀如绸绢，稠如稀蜜
阳光把它们荡在你脸上
容器里就有你的眼和眼

你不知有人在专注你

如一个民间尿液分析师
园丁的儿子，一生下来就是树脂、蜜蜂
怒放和枯竭，一生下来就是治病的草药
草药名被还原回拉丁文、甲骨文
你一生下来就来自远古。若可以
你一生得以晃动尿液，虔诚地
举向太阳
一容器的赤裸和夜空

阿华的诗

王晓华,笔名阿华,山东威海人,曾参加第二十五届青春诗会,鲁迅文学院第三十一届高研班学员,山东省作家协会签约作家。诗歌作品散见于《人民文学》《诗刊》《山花》《飞天》《十月》等,有诗歌作品入选各种诗歌选本,著有诗集《香蒲记》等。

四 月

四月始于一场细雨,被花痕
擦拭的伤口
长出了新的蓓蕾

初秋时节走失的人,曾经活在
风里、云里、迷雾里

现在,他抱着云朵借着月光
在青草地上又捡回了心跳

当一段琴声御风而来
他迷恋的人间啊,河流涨水
麦苗返青

——天也像多年以前,蓝得
坦坦荡荡

寒烟的诗

寒烟,1980年代末开始习诗。著有诗集《截面与回声》《月亮向西》。

之前……

每一个来到世间的生命
都是浩瀚时空特定的使者

"为什么是我?"
一抹熹微中早醒的寒噤
啄破时光混沌的胞衣
使你在洪荒的底片上
讶然显影
之后,是变形的路径
当旷古沙漠用聚焦的毒眼
盯紧一颗朝露分娩的鲜冽

而那棵孑立于命运临界线的
柽柳,战栗得更加无辜:
一把斧头在寻找斧柄
一堆蜂群样颤动的音符
在寻找琴箱
——看谁先赶到

男人在路上

蹚过历史血泊的男人
他的焦渴、他的叹息
以及质髓深掘的怆痛
都是发育你柔情的昂贵泥土
作为苦难命定的姐妹
你在汗流浃背的追赶中
开启了负轭远行的一生……

看　守

我每天都在奔向你
"奔"——
这意念里无穷上演的慢镜头
这画饼充饥的白日梦……

我知道，你像我一样，每天
都徘徊在这进退两难的门槛
每天，都在快要撑不下去的
瞬间，忍耐的极限——
又被可悲地抻大了一点点

你，我：两棵在默默伫望中
守住永恒距离的树！如果
有一天，两棵相爱的青冈栎
在电闪雷鸣的激情中奔向彼此
整座山坡是否会崩塌？
是否会引发泥石流的灾难？

别担心！在这人世固守的囹圄
我们既是囚徒，也是看守

注定厮守"约定俗成"
这座永远与暴乱绝缘的死火山
注定在心照不宣的默契里
以非人的毅力和耐心
等待,那一天
一场死亡的大火
来,将每一块骨头
从牢牢铐死的整体中
解散——

"每块骨头,都该是自由的"
骨灰不甘的遗言,谁能听见?

梦　魇

我看见你又解开长长的裹脚布了
解开一个季节的雨水
解开层层包裹的梦魇

扭曲变形的趾骨
宛如一把锥子
在昏暗摇曳的油灯下
变幻嶙峋的幽光
陈年积垢
从紧紧绞拧的趾缝中
散发谷物霉烂的气息
缄默的老茧
像那口雕花木箱上
讳莫如深的铜锁——
什么样的疼

被重重幽昧
紧锁

从此,那些趾骨
成了扎入我生命的锥子
层层拦截我的惊叫
至今,仍未到达我的喉咙

臧海英的诗

臧海英,山东宁津人。曾获华文青年诗人奖、《诗刊》年度"发现"新锐奖、第三届刘伯温诗歌奖、第三届李杜诗歌奖新锐奖等。曾参加第三十二届青春诗会。出版诗集《战栗》《出城记》《一个声音离开了合唱团》三部。

看不见的地方

临窗的街道一侧,杨树枝叶密匝。
因为看不见,那段路变得异常迷人。
我时常在窗前观望
想象看不见的地方,什么正在发生?

那些我没有去过的地方
没见过的人
不知道的事……

直到有一天,树叶落尽
我终于一览无余地望出去了。
没有迷惑,亦无惊喜
一个人的暮年大抵就这样来临。

一个人,她活过
在别人看不见的地方。

外出记

有时候，当我从外地返回。
拉着行李箱，上楼
打开家门，躺进沙发里
我发现，自己还在某个地方
继续旅行或者做着什么
回来的只是我的一部分。
我还没有完全回来。

苏雨景的诗

苏雨景,中国作协会员,中国作协第九次、第十次全国代表大会代表,山东省作协第五批签约作家,济南市作家协会副主席。

琥　珀

你曾用月光的碎银
錾刻出完整的乡愁
在异乡人的心头埋下意象之蛊
并让世界对此无药可解

你曾用透明的酒杯
在历史的窗前竖起一面镜子
令一些人形和魂魄
纷纷呈现出原生之态,自由之美

你眼里的孤帆,舷歌潮湿
当你白衣胜雪,在鹧鸪声中挥手
三月就按照你的样子
记录下了一场旷世的别离

你走过的蜀道
有不期而遇的悲欣
它们从无数级台阶下探出头来
以虚实相间的排列,将人们用力往高处拉

如今,你沉默不语
你的袍袖和纶巾,都已嵌入大地的核心
我们皆蒙恩于你。你写过的诗
已凝成琥珀,正在装点中国的王冠

燎原之草

午后的光线里,它们绿油油的样子
是从册页间长出来的
那些燕草、车前草、积雪草
都是从册页间长出来的

它们允许被暴雨打折
被闪电刺穿
允许乌云将它们衬托得像苍鹰
但,就是不允许大风把它们从山岩间拔出来

它们已经与山川融为一体
从大青山,到褒禅山
这些倔强的家伙,怀揣燎原之心
蔓延到哪里,哪里的山水就热烈了一下

小西的诗

小西,山东青岛人。有诗歌发表在《人民文学》《诗刊》等刊物,并入选多种诗歌选本,部分诗歌被翻译成英文发表。曾获中国第三届红高粱诗歌奖、首届诗探索·新诗发现奖等。曾参加《人民文学》第四届新浪潮诗会。出版诗集《风不止》《深蓝》等三部。

节　日

有的人没有节日
有的人在节日里离开
多数人的节日,是一张大饼
被烙至两面金黄
诱人,但没有陌生的食欲。
唯有几棵丹桂叶茂花密
经过的人都要停下来
把遮住的鼻子伸向它

哦,那是悬在半空中的香气
是随心所欲的香气
是现在年少,很快就要衰老的香气
它将最柔弱的那缕
搭在一座石桥的动脉上

庄凌的诗

庄凌,中国作协会员,在《诗刊》《人民文学》《中国作家》《钟山》等发表组诗,参加第三十三届青春诗会,出版诗集《本色》《我也是一个清醒者》。

我去过你的青岛

五月的青岛是蓝色的海鸥
这里的人都长着翅膀
我坐在海边听海水
追赶着落日浑圆的屁股
我的身后万物生长
我们也在生长

海浪辽阔
忧伤缠在风车上
我还是想去见见你
云朵停在半空
我们什么都不用说
躺在一个贝壳里,余生沉浮

躺　下

我躺在一堆干草上
心脏离大地很近

我听见万物喘息如同婴孩
此刻黑夜覆盖了白天
我也被黑夜爱着
过不多久
雨水和泥土将再次把我包围
还有鸟鸣和虫蚁分享我
一个我就变成了无数个我
我静静地躺着
听风吹
听每一片叶子的吮吸与咀嚼
闭上眼，身下是另一个宇宙
渺小的我也浩大
就把我还给大地
一棵草也有故乡

江苏女诗人

代薇的诗

代薇,中国作协会员。著有诗集三部,另有散文随笔若干。获十月诗歌奖、漓江出版社首届年度诗歌特别推荐奖。

在同一生中过另一辈子

我有两个名字
一个笔名
一个本名
算命的说两个名字就有
两种命运
就好像这个世界上
还有另外一个自己
在另外一个地方
替自己过一种危险而又传奇的生活
而此时此刻,自己也在为远方的那个自己
承担所有的平庸与无聊
这是双重的
……两面墙的修辞
有着悲观主义者的笑和乐观主义者的哭

旧手机

只要充上电
仍可以显示

一些信息
只有疤痕般的记忆
而疼痛已不在那里

每个刀枪不入的人
都曾千疮百孔
每个华丽转身的人
都曾至死不渝
烟花易冷，人世易散

在能够拥抱的时候
请务必
用力一点
长久一点

黑暗会修复光明修复不了的东西

一个人并不需要
彻底崩溃来展示
发生了什么
当感到天塌下来的时候
那只是你的天
别人的头上依旧晴空万里
人类的悲欢并不相通
没有人能够真正进入他人的绝境
唯有一沉到底
直到你的双眼适应苦痛
"黑暗会修复光明修复不了的东西"
而你必将归来
万马千军

刘畅的诗

刘畅,中国作协会员。曾参加第二十六届青春诗会。诗作发表于《诗刊》《钟山》等,入选《中国新诗百年》《海上的霞光——中国诗人在拉丁美洲》等国内外重要选本。散文《摄影记》获首届江苏省散文学会学会奖。现居南京。

撕纸游戏

年近不惑快要撕完了一张纸的
二分之一
剩下的二分之一
如果活到八十岁
就算事先赊来的
在剩下的半张纸上
撕掉二分之一的睡眠
三分之一的饮食
剩下的给公司、父母、爱人
孩子……
继续……
至于我,只剩下指甲片大的
一小块
我无法撕掉自己
我的手指颤抖着
而视若生命的诗句
小得像一粒微尘

一枚钉子

一枚钉子躺下,一截月光。
一枚钉子立起,它听到了锤子的指令。
一枚钉子不让铁流血,也不会泄露内心的闪电。
一枚钉子进入宿命,但无须自拔。
一枚钉子无法自我损毁——它守住墙壁的秘密。
一枚钉子咬住从天而降曾激励它的斧子
—— 一枚钉子的命服从于它的硬。

束晓静的诗

束晓静，出版有诗集《彼岸盛放》、《写一年》（与杨黎合著）、《归云堂·三年零四月》等。

觉 悟

把醋倒进盘子里
盖住两条小黄鱼
鱼吃饱了醋
人开始吃鱼
筷子下去我就想到你
你吃醋的样子。

随便走一走。
街边那女孩
对着手机说
你只要养我，不需要喜欢我。
我觉得
这是很高的觉悟。

换个角度看
我们也只不过是
躺在一个盘子里的
两条小鱼。
浇在你身上的
也正流向我。

他想知道鸟儿几岁了以及能活多少年

一只成年鹦鹉
飞进了他的家
不怕他,和他玩耍
他把它带到窗边
让它飞走
它仿佛没有翅膀
缩成一团
他给它喂食、喂水
想起来
今天是清明节

这是一只故人鸟吧
是谁对他
如此牵挂
他想他需要一个
好看的鸟笼了
得马上出门一趟

于之雅的诗

于之雅,原名于君晓,江苏徐州人,写诗十余载,偶有诗作发表于《扬子江诗刊》《诗歌月刊》等刊物。

飞 蛾

他留下的最后一只飞蛾
停在玻璃上,沉思地观看窗外的世界
目睹同伴狼狈地死亡后
它变得像个寡言的哲学家

只要克制翅膀的扇动
就不会发出任何声音
它明白身份才是致命的局限
但如何才能重新选择命运

雨水顺着玻璃逶迤而下
蛾子使用复眼拼凑世界
冷静如外科医生
它镂空状的翅膀论证了真实与虚幻原本共存

它长久地停在那里,小小的头
仿佛未曾出击的拳头
保持一种荒谬的安静
风声渐急,雨点如同石头破空而来

但飞蛾——他留下的那只飞蛾
仍然一动也不动

我们是从什么时候开始失去你的

很久以后我们才从一些照片上得知
你喜欢白色的花朵，喜欢孩子
你对患肝炎的弟弟说爱他
让他快点好起来
这让不擅长表达情感的我们感到惊讶
你偷偷离了婚，独自住在一座阴暗的房子里
门后放着一根警惕的棍子
你说总有人充满恶意地跟着你
穿着你也曾经穿过的同一类制服
所有的动静都让你害怕
真是无法想象啊
那时的每一个夜晚你是如何度过的
你皱巴巴的浅灰色大衣
像是春节假期去往精神病医院的路上
所遭遇的那场大雾
那浓雾凝固了，它包裹着你

窗外的人理性而又礼貌
他们习惯于一边点头一边说：好的！好的！
以此回应这个不需要质疑的时代
以此得到他们想要的结果
只有你恐惧一切，恐惧外面的世界
你的恐惧是钉子，它们密密麻麻
倒置在地面上、饭桌上、墙壁上、床上
那么多的恐惧充满你的房屋

直到你用一根绳子结束了它们
你真的不在了吗?
饭在碗中冒着热气
我们和父亲母亲重新围坐在一起
雨声中,你骑着自行车缓缓从远处经过
车轮扫起一串闪亮的水花

舞

用你的指尖去跳舞
在玻璃上
像是在冰冻的湖面上
跳
跳一曲欢快的舞
在一次性杯子的边缘
如同在深渊的边缘
你跳舞
昨天被毁灭的
今天你要原封不动地
创造回来
跳,快速地跳
不要停下来
在梦中跳
在扔向你脚边的石头上
跳
在锁住你的铁链上
跳
在这个世界上
像狗一样屈辱地活下来的
并不仅仅是你

不要去回想悲伤之事
去跳舞
用你的指尖
在黑夜里跳
泥水里跳
让激烈的节拍覆盖这
土地一样蔓延不尽的悲哀
在谎言那肥胖的身躯上
跳
在黑布罩住的鸟笼里
跳
不要停下来
孤独的人啊,去跳舞
用舞步
你蔑视了一切的
存在

宗小白的诗

宗小白,曾获第四届黄亚洲行吟诗歌奖国际大赛金奖、诗探索·第八届红高粱诗歌奖提名奖等。著有诗集《如果,你的生命里没有火》。

容　器

事物的因果关系让人费解
比如将水注入水杯
水就渐渐不再沸腾了

比如独自一人待久了
就会习惯和另一个自己
和谐相处

就不会那么强烈地感受到
不被需要的痛苦了

我知道孔子对颜回说完
"君子不器",这话之后
内心的痛苦也像满溢的水

但他的痛苦并不是因为
内心的沸腾不见了

也不是因为看着自己

和另一个自己和解了

我知道所有容器的悲伤
并不是因为水

墙上花园

墙上的花园象征来不及赞美的生活
那翻墙而出的花朵，带着一种不顾反对
也要自己去发现这世界的热情
像姐姐不顾父母反对，也要嫁给她喜欢的人
她跟着他开垦荒地，承包鱼塘
在院墙下种蔷薇和玫瑰
他们拥有的幸福一定超过了
那来不及进行的赞美
多年后我仍能从姐姐身上看到
这种赞美的愿望，是有一次同她旅行
在宾馆房间，她麻利地收拾妥当
又找来一个玻璃瓶
注满水，将一枝开到酒店院墙外
被雨打落的玫瑰插了进去

她还是喜欢这种不顾一切的花朵
好像她从未因此，而守寡多年

慈　悲

落日有慈悲的脸
落叶有慈悲的手

一个对着落日和落叶
莫名落泪的人

虽然滑稽可笑
但神最后还是决定

把慈悲
也分给他一点

上海女诗人

路亚的诗

路亚,居上海,出版诗集《幸福的秘诀》《一阵风吹草动》。

镜　子

请注意镜子。重复裂变的生命
如果配上吊诡的光
令一些人心惊,一些人执着
另一些人进入迷宫。你不怕镜子

有时用它练习神经质
有时你破镜而入,想看个究竟
有时你发现,一面镜子坐在对面
人世间各种操作在里面反复

严冬到来的时候。你踩在镜面上
有裂痕的镜子让你屏息闭嘴:
曾经掉进镜子里的人
会不会爬上来拖住你的脚?

每个成年人心里藏着一面镜子
再多外在的镜子也照不见心的造作
破碎时,它无声无息
大部分人,一生走不出一面镜子

刘晓萍的诗

刘晓萍,写作,画画,摄影。已出版《失眠者与风的庭院》《照见何物是何物》《极圈线上的湖水》。待出版小说《迷途》、诗笔记《我几乎看见了光》、随笔集《出门遇见飞燕草》。

旷野信札

虎刺梅开了。
上一刻还只有零星花苞
推门一瞬,柔波摇曳。
倘若你不轻叩门扉
这花也许迟迟不开。

我们都看见了
刺,绣花针般紧贴着花瓣
没有丝毫隐藏。
锋利总有两种表达:
脱去赘物;
用深度度量痛楚。

想起来了
这两日夏风邀请信使
翻过山,令秋气后退了一步。
我们都知道
虎刺梅还有另外一个名字。

缎轻轻的诗

缎轻轻,原名王风,曾参加第三十四届青春诗会,获第十一届丁玲文学奖。

带钩子的人

一个带钩子的人,夜行武康街道
黄叶翻飞,捂住他一只眼睛,半个世界
消失,半个上海
瞬时不见

要哼唱什么歌,才能在熙攘的人流
里像一尊弥勒?

群星照世,孤月怜人,怀揣慈父之心

休　养

回来了,在华东的一隅
多年来我领土的沼泽地,芦苇束腰
压住伤疤,吞:瓶瓶罐罐的药片
坐:两把咯吱作响的摇椅

休养的病人,是蓝灰色的
她将慢慢转绿

草叶林中健康的黛绿

房间尽头,视野所隔
人情冷暖,无关信仰
女人正在喝汤,远处,靠墙而立
是一个目光阴沉的男邻居,他弹着烟灰

核酸仍需每日执行,空气里涌动热浪,偶得雨丝
老母亲仍有顽童心,她已年近八旬
玫瑰衰败,不会再绽出她的年轻
而物冷、仲夏冷,与我的疲惫交织出
一种轻盈的情感:玫瑰之刃在暮色里锃亮
犀牛跋涉千山万水,苍天旋转

桉予的诗

桉予,出生于 20 世纪 90 年代中后期。

七 月

我们
抱在一起
看青蛙纪录片

雌蛙
背着雄蛙
躲在草丛里

一条蛇
突然出现在
它们身后

雌蛙和雄蛙
只好散开
跳入
河流

他在我身上
抖动了
一下

叶子闻的诗

叶子闻,籍贯上海,现就读于四川美术学院。作品被收入《万物流向彼此》等。

天　空

云没有国籍
天空有故乡
地球转了一圈
刚好缝合故乡的天空

跪　乳

一只小羊正在跪乳
放羊的男孩每天经过一个土堆
跪下去,把头埋得深深的
更深的地方埋着母亲
生他的那天难产
正在这一带放羊

浙江女诗人

荣荣的诗

荣荣，本名褚佩荣，现为宁波文学港杂志社主编、宁波作家协会主席、浙江省作协副主席。出版过多部诗集及散文随笔集，曾参加第十届青春诗会，曾获中国作家出版集团优秀作家贡献奖、首届徐志摩青年诗人奖、第二届中国女性文学奖、刘章诗歌奖、十月文学奖、第四届鲁迅文学奖等。

告　别

与一个人别，看他走远，
从人形，到小小一点，
然后不见，像从没出现。

也可以这样：
宽敞的前路上突然
来个拐弯，也可能是地陷。
或者天门忽开，其时有云彩蔽日。

还可以这样：
他躺在那里，一场假寐：
这是他蜕下的躯壳，
我猜想着远方那个叫醒的钟点。

而所有不见他的地方，
回望时，都置入虚空。

天人之隔

当时他们的小眼神一致,
灵魂的连裆裤内同频同息。

一点点爱,一点点吸引,
一点点的俩好结一好,如胶似漆。

搭伙造饭,有天外的炊烟,
躲人耳目的术法和离散的不舍。

还有一对酒杯,举向高山之巅,
随时布云,再布雨。

但这只是造句模式或语言的屏障,
他想说的只是她故地重游,独自。

他不在,一棵荒草与她同框,
和当时的怅然等长齐高。

在老年公寓

她的身体里被倾倒了一大车沙子,
也许还会有各种暗响,
像磨损过久的器具转动时的阻滞与疼痛。

他的头脑更像是一次次风暴过后的现场,
需要反复重启或修整。

他们停顿下来,凑在一起说养生,

就是身体的敲打和按摩？就是平和？
也许还梦想着一剂猛药。

也说来生，那是将去未去的地方，
那是老年的诗与远方？

只有夕阳是松懈的，它就跟在
他们身后，伸展的影子，
一再越过铺满防滑塑垫的花廊。

池凌云的诗

池凌云,出生于浙江瑞安。著有诗集《永恒之物的小与轻》《池凌云诗选》《潜行之光》等,部分诗作被翻译成德文、英文、韩文等多国语言。曾获十月诗歌奖、东荡子诗歌奖。

干花玫瑰

那些新鲜的花束,以为欢乐
属于它。它不相信
花期短暂,一周之后的枯萎衰败。

一周之爱如何书写?
一周之后,它们将失去喜悦的注视
失去空气。不会再有人凑近,去呼吸它们。

谢谢你给我干花玫瑰。那么多年
它们依然活在玻璃瓶里。
偶尔,我会打开瓶盖,呼吸它们。

铁艺睡莲

当一块铁被熔化,被镀上银色
并有了一朵睡莲的形状
像一首短歌,精致而荒凉
在杯盏之间流泻淡淡光泽。

它的荒凉是真实的，坚硬的边角
带有一丝寒意，断裂之处，
有凸出的经络延展，一种新的诞生
从一块铁，到达一朵睡莲。

某种微妙的启示，
比如金属的叶脉中，细密的纹理
比如这故意缺损的一角，不多不少
正如无法抵达之遗憾。

这背后的锻造之手，
为何热衷于弥合？
诗的艺术，避免破碎的艺术，
也有不确定性。而一块铁，
借助溶液，到达一种特殊的容器
形成结构与分歧。

这过程足以让一个好匠人的目光
突然模糊，嗅觉失灵
这不可能的交融，带来困扰
像一首充满不确定之诗
全新的发明，在延续，
尽管有些许残损，一些灰烬隐藏其中
而一种难以言说的美，在流动。

落日的合唱在地衣上滚过

夜色静静进入岩石，开始演奏。
黑灌木的根部，闪烁黑色的油脂。

我再一次写下星星,退远的夜。
盲人眼里空荡荡的田野。

一些灯盏已熄灭。所有虚构的事物
也在一点点回去。而一块地衣
在悄然活动,穿过湿泥的荆棘,
丈量着变暗的荒地。

流动的,也得到了好泥浆。
经历过灰色的成长期,我本能地亲近
这低处生机的漫溢,一个又一个
落日的低语,这苍茫大地上金色的泳者,
一种合唱在地衣上滚过。

颜梅玖的诗

颜梅玖，笔名玉上烟。现居浙江宁波，供职于宁波某报社。著有诗集《玉上烟诗选》《大海一再后退》以及诗合集《玻璃转门》。诗集《馈赠》即将出版。有作品被译介到日本、美国等。获人民文学诗歌奖、辽宁文学奖和《作家》诗歌奖等奖项。

讲　述

不知怎么，我们就聊起了生活
聊起过去日子的艰辛
聊起作为异乡人，那莫名的惶恐
"每一个白昼不过是另一个夜晚"*
你静静地听着
在语言的波浪中
我仿佛获得了些许安慰
我一边讲述
一边看着头顶那轮月亮
和我们的生活不同
它一直都散发着宁静平和的光芒
年轻时，我虔诚地仰望过它
它也照亮过一条蜿蜒的小径
我曾以为它会改变命运
实际上，它并没有将我引往他处
它只存在于时间的绵延中
此刻，一片乌云遮住了它
我俯视窗前那几棵女贞树

它们也曾满树繁花,叶子里
藏着青苹果的香气
如今它们老了
身上落满了月光
也落满了黑暗——
如同我们的一生
现在,它们被风吹得摇晃不止
后来,风散了
你也走了
月亮又出现在深渊般的夜空

注:*"每一个白昼不过是另一个夜晚"——《哈扎尔辞典》

山中避雨

我生活在雨水多的地方
有时候几乎整个冬天
都在下雨
对我这样一个沉闷的人来说
看雨是一种常态
不看雨也是一种常态
天下雨不带有目的
或者说,索尔挥动锤子就会下雨
我也愿意相信
一切都是理所当然的
甚至我固执地认为
雨没有固定形状
有一次我在山中避雨
雨跃动着,但并没有落在谷底
它们快活地化作满山坡的蕨菜

表情明亮、青翠
那一刻,我确定
雨是一群神秘的生物

看不见的风

风,一定是从一个地方
向另一个方向移动
不过风吹过了
一切都会恢复平静
风也会继续流动
风用流动保持自己的品质
但有些风
偷偷留了下来
像一种不为人知的念头
悬在有和无的边缘
现在,夜是那么静
只有我知道它在轻轻地吹
让一个人观念里的榆树
发出了若有若无的气味

张巧慧的诗

张巧慧,宁波慈溪人,中国作协会员。作品发表于《人民文学》《诗刊》《作家》《十月》《青年文学》等文学杂志。著有文集七本,曾参加第三十届青春诗会,获华文青年诗人奖、三毛散文奖等。

普陀山

"我忏悔,对你动的一点凡心"
"我祝福,这凡心中干净的部分"

逢　春

昨夜枯枝冒出红蕊
难以想象,你须发皆白的样子
词语与现实的距离

失眠时,翻看一个诗人的公众号
这一年我错过了什么?

寻找那种异质
一直
读诗时堵在心口的块垒有所松动

今日瓶中之花已然绽放
这么快,水,温度,期许?

——那决堤的缺口在哪里?
语言的困境中
你曾梦见寻我而不见

俗世带来欢娱,如此短暂
我要那深啊
给你第二个春天
给你复活,给你次第开放的花

我想推动那墙,找到裂缝
找到裂缝中夺目的光华
如你所说光透纸背
那闪耀着才华的写作
在哪里?

把枯萎还给尘世,
你亲手养活一把枯枝:爱,灵感
与奇迹——多么想要那奇迹
复活的野杜鹃,和你

江河万古流

嘉陵江没有犹豫,长江没有拒绝
把她清澈的半生交给他

在船头看风景,喝茶
说到李白,长江东逝水
说到苏轼,古月照今尘
多么好,在长江之上谈论诗歌

谈论那些永恒的东西
当他说到俗世中的那些忧虑
她用吻阻止了他

——让美保持在一个干净的高度
在滚滚波涛之上,在江心
明月、长江与诗歌,
还有循环播放的江河万古流

范雪的诗

范雪,生在陕西,长于海南,求学北京,然后海外。现在杭州工作。著有诗集《择偶的黄昏》《走马灯》。

感 时

季冬披着阳光的鸟鸣里有一缕世外桃源,
感觉从来兀自跌宕,从来物喜己悲,
天将绵雨,雨从东来?从西来?从南来?从北来?
盲摸气候的边缘。
一个狭长的平原上会有这般融融冬日,
花应地气开在路绝时的园口,
花色如团,朱辉散射,洒遍金色的下午。
有人说这物事自在的细细纹路最动人,
你也观看到红褐萼、并生花、万蕊鹅粉,
是啊,温暖的肺不会骗人,
斯文缓慢往复环园的老人不会骗人,
疏淡的天际里有清朗的气味。
可你又一次恐惧美好中的相物,
又一次想也不想欣赏那些好话。
气氛迷醉,
在度过瘴雨蛮烟后,
敢仔细地新知吗?
景物有几分人家,有若干男耕女织,
着染上过去将来绿色阔叶反映出明亮的一段平坦。

安徽女诗人

雪女的诗

雪女,现居合肥与惠州。出版诗集《无尽的长眠有如忍耐》、散文集《云窗纪事》。

自拍,作为语言的补偿

经历越多,越是感到言不及义
野花、流水、飞鸟、林地
漫步其中,愉悦感多于表达欲
当我从花语向鸟语跨越,费尽心思
一只无声的蝴蝶替我展翅飞过

顺着下午四点钟的光线
我来到一处空地。在那里
树木翠色飞扬,却对我
保持一种礼貌的间距
我感到全身沐浴一新
闻得到皮肤上浸润的青木气息
在这些异类蓬勃的环拥中
我接收到自然传递的深切爱意

但我不能准确说出这爱意
是来自阔叶杜英投射的光斑
抑或针叶雪松撑开的阴凉
它们的丰茂,弥补了语言的贫乏。

自然展示的奥义
使我确信从缄默中
获得了某种尊贵情感
此刻，一个自拍
或许是一种恭敬的表达
什么被摄入与我的合影之中
什么就会其意自见

壬寅年暮春于崔岗村雅歌书院记游

当词语无力开辟更大空间
我们相约去郊外一座老院子里
清晨从城里出发，一半为新鲜空气
另一半源自二十多年友情的召唤

院子藏得隐蔽
青藤和凌霄类植物冲上半空
穿过一道窄门，才看见里面的深阔

栅墙内开着应时的蔷薇、月季与玫瑰
有人伸手去摸，想与花色连为一体
但某种刺痛使其收回妄动
一些老物件从不同角度、不同切面
折射时光在流逝与固守中的较量
它们保存真相的意志
比文字强力持久。我们兴致勃勃

在五六间屋舍进进出出
对接历史与现状，残缺与完整
以美学视角重新掂量

它们的轻重

后来大家还是回到院子里
享用它的敞亮和生机
喝茶,聊天,打牌,拍照
每人将自己调整到舒适状态

灼灼繁花占据眼目,暂且掩去
今春以来世道人心的狞厉
当生活沦陷为被动地活着
庆幸还有这么一处清幽之所
安顿我们心中斑驳的景致

微风斜阳中,我们举杯
为良辰美景,为岁月太平
鸟鸣伴着醇美祝词
不断给院落撒下奇异品种

何冰凌的诗

何冰凌，诗人、评论家，现供职于安徽省文联。出版《时光沙漏》《话说安徽》《散文安徽》《为此青绿》等，诗集《春风来信》获安徽省政府社科（文学）奖。

画春光

春天溢出烧杯
无刻度可计量
六畜和人，小鸟及铃铛
清晨被光线赐过福的黄杨枝子
以及空地上胡乱生长的构树
飞身投入
乡村光伏电的无边领地

掠过草丛的，不仅仅是风
那斑驳海底
也有52赫兹频率鲸鱼的
悲伤无人认领
曾经你额头光洁
眼神明亮
而今已到了知天命之年

梅花，别有一种古调重弹
她们
依旧在树底下笑着

感受枝头花朵轻颤
像情人初次互赠身体
当你伸出手触碰
蜜蜂也完成了一次完美的
春日献祭

黑暗中相逢

昨夜入睡，梦见你归来
立在门后
似乎做了一件令我
怒不可遏的事

离析阴影
带你到沸腾的生活现场
加入天空合唱团
努力做音色明亮的声部

我记得你曾热烈地对待过我
不像河水，从不理会一个
边走边哭泣的人

已经找不到一个坏的形容词
来形容现在
你一生流连花丛
是否得到一些安慰？

黄玲君的诗

黄玲君,安徽宿州人。中国作协会员、安徽省文学院签约作家。著有诗集《微蓝》等。现居合肥。

两个世界的缝隙

阴沉了一整天,太阳最终露出笑脸
西方一片云霞
犹如一个征兆
人们可以拥有一个好梦
事实上,每天黄昏,你唯一的一件事
是看夕阳从城市的屋顶落下
那是一种不舍
今天似乎又晚了几分钟
相信片刻的交错,两个世界之间
悄然打开了一道缝隙
从中吹过来令人战栗的风
有人匆忙关上窗口
隔着一层玻璃
突然变暗的世界
在内心有一瞬的停顿

闪灵水晶

耳畔隐约有模糊的声音

不知是来自梦中
还是未知事物所发出
手,无意触到凉的多棱晶体
一种瞬时的心安,来自
闪灵水晶,它也是所谓的
资料库水晶,来自喜马拉雅山脉

或者是白天,太多封闭情绪
未及释放,多出来的时间
长出大的树洞
需要凝聚力去填充
水晶也需要缘由,去建立一种连接
大洪水之前的记忆多么奢侈
而硅晶是被选择的能量携带

在曾经的故园
果实长满枝头
作为无根的浮生水晶
它的双尖,以倔强,向相反方向拓展
亿万年,生出六面体三角形
一个向内窥视的窗口
被封印,尚可隔绝人们的恐惧噩梦

王妃的诗

王妃,安徽桐城人,现居黄山,中国作协会员。出版《风吹香》《我们不说爱已经很久了》《中年的月亮》。

中年感冒

 相对于孩子的早餐、丈夫的茶水
女人的感冒可以忽略不计

深冬的六点三十分,你在厨房白炽灯光下忙碌
玻璃窗外有黑衣怪兽盯着
你打喷嚏擤鼻涕的声音像给自己壮胆
头脑昏沉,你误将儿子棉袜塞进父亲的衣柜
错位的也许还有更多……

水在锅里沸腾并发出不耐烦的尖叫
此时晨光熹微。你咳嗽、流鼻涕
试图出声却发现嗓音已被粗暴篡改
你涕泗纵横,不知道自己遭遇了
什么样的病毒需要什么样的药才能
在热气腾腾的厨房里
疗愈你正在感冒的中年

给荷花写一首诗

别叫她菡萏、芙蕖,或者芙蓉
给她一个独一无二的只属于
你的
亲密的名字

她跋山涉水来看你
一杯清水就是最好的复活剂
她低头。你看她一眼
她就张开一点,像羞涩的珠蚌

当她完整地打开,亲爱的
你会喜欢,她花蕊深处含着的泪珠

杜绿绿的诗

杜绿绿,诗人,兼事批评。主要诗集有《城邦之谜》《我们来谈谈合适的火苗》《她没遇见棕色的马》《冒险岛》《近似》。

祝　辞

向你献上某些时刻
它时常不能被辨认。

我试图找出
这些——
难言的清晨,抚过仙人掌的午后,这一天,另一天
驱赶过多的水
水面上的语言也要打捞、筛选。

向你献上被责任凝视的过程
你可以拒绝打开。即使词语的牙齿
在我手心反复噬咬,
从水里筛出的金色音节
必将属于你。

它们不一定组成悦耳之音
它们想让你听到的很微小、很贫穷
就像你经过雪
却没有听到雪声。

一切的白
静静落在你身上。
你察觉
芜杂的心事变得干净。

向你献上新的冬天
十一月的某次
黎明。

催　　眠

醒得太早了，房间没有光
什么也看不见
隐约听到纱门推开又合上
我有些惊忧，绵软躺着
更不好的事情会来吗？许多以为忘记的
又看见了——
黑雾哄骗它们，给黎明前的时光缠上
一圈又一圈绷带，
收紧，勒紧，更紧……
这样下去，
我能否有再次忘记的机会？那只远去的花豹回来了
我知道
门框被它挠得不成样子
像我承受过的……
它在院子中央来回踱步，爪子扒拉开花坛的土
刚种下去的
早种下去的
都使它不愉快，它要破坏、要恢复
要土只剩下土。

我蒙住被子蜷在床脚，它进不进来何时进来谁能管得了
这一刻，我只想尽快睡着
集中精神去想一种颜色
——柔软的、不反抗的、甜美的
粉蓝。据说这是最催眠的颜色。
可惜想象指定色彩的难度
不低于主动遗忘，
你也试试？做完这件事
你便能稍微理解一点我——我在死一般的黑暗里——
尽力粉刷多余的、无用的，可还是
看完大海、雪峰、法老、异国深巷、卫星……
才找到粉蓝。白痴的颜色！
看，
粉蓝的画框里关着湿透了的我，
我小声哽咽着，
一遍遍想起粉蓝的雨水落下来
顺着粉蓝的漩涡
奔向下水道粉蓝的井盖
粉蓝的诗从此
涌进粉蓝的街头被诵读
缓行的你是粉蓝的，你来到粉蓝的灯下
发出粉蓝的声音，你笑起来粉蓝色便碎成
无数块的晶体也是粉蓝。
所有，都很完美
如果我能够爬下床打开粉蓝的浴室
换上粉蓝的瞳孔、头发
我会很快睡着的
即使纱门又一次被撞开也无所谓
那只花豹早已换上这颜色的毛皮。
有点恶心，
你说对吗？

游　园
——写给胡桑和厄土

从一开始，就阻碍重重
游园兴致顿减了几分，
曲径通幽处，假山不假，人亦不真。
一个接一个院子转完，
不妨收起最后的观察，来谈谈
这些体验如何表达
或不再触及。对待厌弃之物
得体之举是遗忘，
可实际上，我们最难找回自己。

当里尔克提过的夜晚降临
沉睡的某件琐事——
携带阴影回来——
我们看见：
他人；昆虫爬过枯叶；
一条船渡海靠近远山，两山间升起
不知来历的月亮。可能与
不可能的景象在眼前。
我看见你们，
你们看见我。
而我们，看不见"我"。

"我"不在具体中，
"我"只感到苦。
这是领受诗神之意的渠道？我们喝酒，
吃鲜肉月饼，
最甜的柿子放进嘴里

全是苦。无条件信任味觉、触觉
难道不好吗？我此时写下这些诗行
想起你们，修正之苦，
朋友啊。

八月的荷塘是苦的，荒草是苦的
我们捧着的野毛桃也是苦的。
毛桃有粉嫩的心
我们的心——
也曾这样柔软如
北京夏末的云。我们踏云走过马连洼，你们说：
杜绿绿，别坐下来。
站立、前行是苦的，夜摊上的啤酒是苦的
想起早逝的友人很苦……
八宝山的光线是苦的
我们身上的黑衣服同样苦。

我所在的南方，木棉也苦
人们用它来煮汤。三月大街上，
很多守在木棉树旁
仰首等待的人。
他们等高处的红花落下
他们的眼睛含着苦
不像肉质肥美的花，身如赤焰
苦而不自知。

而我们主动明确苦，接受了苦
不断地写下
大观园中永不停歇的波动与隐喻。
园中皆是奇景，件件吃不消
如何处理才刚好？

思来想去，不禁甩过水袖
扮相唱上两句
——才算暂时罢了。

红土的诗

红土,写诗、摄影。有个人诗集《花冠》。居合肥。

游　戏

三岁的小马驹领着人群穿过青草地
留下七只乌鸦在草地上猜谜
草地上开了十二朵花
开一次,死一次。

多像一个有爱的人啊

每天,我走在这条路上
春天的时候,看见路上的草儿绿了,花儿开了
会想:这多像一个有爱的人啊
把新鲜的、好看的都给你

冬天的时候,树枝空了,河水都退去了
又会想:这多像一个有爱的人啊
它一次次地爱
现在,它终于把世上一切的债
都还清了。

清　晨

很多次说起清晨
和那个与我们共同生活过的鸟
我们不必去模仿一只鸟。和那些
过于美好的生活
我们共同经历的生活是在某个清晨

是被人怜悯过的生活

孔晓岩的诗

孔晓岩,中国作协会员,出版诗集《重击的轻音乐》。

山　茶

等,带着十二分的焦渴
钻进我的身体
我常常在等什么?
白瓷的瓶子攥紧瓷白的梦
不可抵达的岛屿在我的对面
而,是另一座孤岛
于你,永远都有
可望不可即的孤独

丁　香

小提琴扬起调子
它准备用喑哑的声音抵抗
半空掉下来的鞭子
啪!弦和鞭子哪一个先断
屋子里有个女人,不慌不忙喝着咖啡
她把桌布染成紫色
她把天空染成紫色
她把她的半生染成紫色

谁在四月敲击
这一根根
尖利的紫色的钉子

福建女诗人

叶玉琳的诗

叶玉琳,福建霞浦人。著有个人诗集四部,获奖若干。中国作协会员、中国诗歌学会常务理事、福建省作家协会副主席。现为宁德市文联主席、一级作家。

文心兰

当光明倾泻在你身上
唯有静默,才能接应
一条金色的河流

这世界有那么多人
精灵似的隔空舞蹈
我庆幸遇见了你
卸下厚重的苔衣与岩层
和你并立,风中带电
给无限绽放的花房做减法
只保留一小杯褐色泥土
让叶脉和根茎交替生长
蜜蜂也要停下颤动的羽翅
伟大的爱有时需要松开

你在这片土地短暂停留
这肃穆庄严的山与海啊
只有在你面前
才能聚拢生命中全部的气息

激发未来无限的潜能
那未被时间磨损的一切
坐落在琴弦轻扬的经纬度上
像一个孤勇者
在每一个蓝色清晨
给金黄的汉字让路
向远方奇异的丛林俯身

这是一个大而无穷的世界
山河壮阔，随影赋形
我手捧这一束花枝
像你曾经赋予我的
温暖、透明，充满仁慈

阳子的诗

阳子,中国作协会员。写诗,画画,居漳州。诗歌发表在《诗刊》《十月》《文艺报》《上海文学》等报纸杂志,并入选多种选本。出版诗集《阳子诗选》等多部。曾获福建省第七届百花文艺奖等。

跨过风的胸膛

鸟儿飞翔与飞机的飞翔
自由和机械
足以让一片阴影
从一页史书跨过风的胸膛

最后的陈述也跨过来
文字淌下甜蜜
恐惧被覆盖
死亡被覆盖
一只羚羊学习鸟儿飞翔
保持高高的骨骼姿势

你的过去跨过来
原始的风空空荡荡
现在的风,也空空荡荡
留在记忆之中
你尝到血香

推倒胸膛与推倒一堵墙

同样存在区别
有人还在唠唠叨叨
记录一切,删除一切
加入想象的一切

江西女诗人

林莉的诗

林莉，诗文见《人民文学》《诗刊》《中国作家》《十月》《天涯》《花城》等报刊，入选各年度选本。出版诗集多部。获华文青年诗人奖、江西年度诗人奖、红高粱诗歌奖、扬子江诗学奖等，曾参加第二十四届青春诗会。

河　埠

左边几块青石板，光滑
沾着菜叶和鸭子羽毛
右边是麻条石，裹着泥浆
青苔
要到洗刷声消失后
竹篮、簸箕、木桶跟着
搓洗的人离开
埠石里刻着的字迹
慢慢显露出来
粗糙、模糊
在阳光的照射下
发亮、发烫
也会如同神秘的暗号
被月色充盈
等着谁身披夜露
前来细细辨认

虫　鸣

在山谷走着
群山的轮廓变得柔软
风中有桂花的香气隐隐飘来
虫鸣声，忽远忽近
我们静静聆听了很久
猜想那些唧唧声，应该来自
丹桂树下，或是小溪边
夜色越深，虫鸣声愈浓烈、清晰
我们都被这潮湿又略陌生的声线
击中了
虫鸣不断，如同一个怀旧的人
始终跟随着我们从一条荒芜的山径
走向另一条
置身其境，我们的确感知到
夜晚中的虫鸣有一种隐秘的力量
以至于我们沉寂多年的心
也在应和
发出了好听的噗通噗通声

林珊的诗

林珊,江西赣州人。中国作协会员,首都师范大学驻校诗人,出版诗集《好久不见》《最好的秋天》等。曾就读于鲁迅文学院第三十六届中青年作家高研班,参加过第三十五届青春诗会、《人民文学》第四届新浪潮诗会、第十次全国作代会、第八次全国青创会。获第十七届华文青年诗人奖、第二届中国诗歌发现奖、2016江西年度诗人奖等奖项。

晚 归

所以给她欢腾的黄昏,夜晚有贫瘠的土地
所以给她断弦的竖琴,人世有滚烫的悲喜

背 包

一个背包对我们
究竟意味着什么
在机场、火车站、地铁口
背包的人,都走得极快
我的背包,也曾跟随我
从南方辗转到北方
从丘陵辗转到平原
从草原辗转到荒漠
山水迢迢间
我从背包里掏出过笔记本、手机、钱包

也掏出过保温杯、晕车药、止痛片
有一年冬天
在玉舍村
肃穆的祠堂里
我还掏出过一张悼词
那个披麻戴孝
站在人群中
哽咽着
念悼词的
是我的父亲

北京的秋天

再没有比这更安静的
秋天了
一棵白杨站在我的窗外
陪伴我的晨昏
我最喜欢的
是起风的那一瞬
风掀动那些青翠的树叶
树枝随之轻轻摇晃
夕光不偏不倚
洒落在邻居的屋顶
不管你是否认真聆听
都能听到风吹树叶的声音
不管你是否接受祝福
你都已经来到
遥远的北方

徐琳婕的诗

徐琳婕,江西浮梁人,江西省作协会员。诗歌见于《草堂》《诗刊》《诗潮》《十月》《星火》等,入选多个选本。

栾树之恋

一

终于,我们确认了彼此。
作为对方眼中独特的存在,逐渐清晰起来
在这之前,我们经历了漫长夜色中的路过
与留白。那晚灯光、月光、星光,争相亮起
唯有你,用安静细碎的明黄摇动梢头
吸引着我。我将不再介意是否永远孤独
在走向你的那一刻。静立于树下
开始渴望,被哪怕一粒微小的金黄砸中

二

爱你。用掉余生的全部,用掉整个
秋天的夜晚。而你回应我以更多——
黄的花、绿的叶、玫红的蒴果,以及
黑色的种子。在草丛里,在树荫下
我忙碌得像一只快乐的小松鼠
两簇花、六片叶、七颗果、三粒种子
它们被放在我的案前,成就我爱着的

昨日之你,今日之你,和将来之你

三

惊讶于这样的遇见和开始。当我失去
具体的你,我的爱如那一树燃烧的火焰
仿佛神赋予这既定命途的恩赐与悲悯
不厌其烦地用夜色捕捉:你的裂痕,茸毛
褐色脾性的变化。那一树锦瑟的背后
必定有过无数的忍耐与坚守。隐匿的网状
伤口,终于在交错的目光里找到愈合的良方

范丹花的诗

范丹花,江西省作协会员。有诗在《诗探索》《星星》《草堂》《作品》《诗歌月刊》《十月》等期刊发表,曾参加第十二届"十月诗会"。

庐山简史

那是冬天的云雾
从含鄱口四周飘到了头顶
那是清晨,我们同坐一条石凳
我们交谈,初识像潮湿的地衣
从眼神爬至峰顶

后来有一天下了雪,在差不多的
位置,你在雪中画出了心形
拍给我看

我们在一起了,雾之浓
以为生活的实景都很美

很多年后的冬天,你说你一个人
开车从东林寺再到牯岭镇
具体去了哪些地方,想了什么
至今我也没问

只记得,那时山顶的雪真大啊
几乎落满了我的一生

致路易斯·博尔赫斯

我深信,无人轻易领受那种黑暗
那无尽描述,让我的眼睛
也深陷于一种抽象的勾线之中
我看到布宜诺斯艾利斯的街道
昏黄的夕阳照射在他晚年的背影上
只用一根回忆的拐杖向前摸索——
那寂静背后闪耀的语言之体,让
鲜艳在光芒中排列、组合
如声音初生,抚摸到嘴唇的化石
因灵魂富饶而轻盈地穿行
在失而复得的图书馆的清晨沉下去
在紧闭的双眼内,再次以某种锻造
赋予我们绚烂的永夜。必须说
自始至终我看到的"许多诞生"
都高于每一天里那重复死亡之幻觉

静静的顿河

我不能不温不火地爱着
即使已经走出了动荡的岁月
我还是为你领回了
一支属于爱情的悲歌
我不能像陌生人那样从你
灵魂的固堤无望地经过
很多时候,我们都无法确定
我有时会冷漠地想起
葛利高里自杀未遂的妻子
她美丽的脸庞那么模糊

声音那么微弱
让我不得不像她的男人一样
把念头转向另一个女人
那个叫阿克西妮娅的女人
她还在顿河边来来回回走动
她火热的眼睛一次次朝我看来
又折返回到大时代的洪流
跟随着那些小心翼翼不断做出选择
却终归避不开厄运的人们
但我也不能像阿克西妮娅
奢望到死
都还被所爱的人深深爱着

广东女诗人

从容的诗

从容，诗人、国家一级编剧。出生于电影世家，毕业于上海戏剧学院戏剧文学系。2011年创办"第一朗读者"，在国内外率先提出"诗剧场"概念。著有《隐秘的莲花》《从容剧作选》《我真心爱过一个人，叫：》《爱的构思》《花季雨季》等。被评论界誉为新世纪中国女性心灵禅诗首创者。在美国创作百首组诗《洛杉矶日记》。曾获中国电影"金鸡奖"、戏剧及诗歌贡献奖、磨铁年度诗人大奖等。现任深圳市文联兼职副主席等。

我爱你妈妈

本来你可以提前
成功，我
改变了你的计划
一个意外
一个打不死的
顽强的生命
从诞生
我就要学会走向自己

当我失去丈夫才明白
没有你，我体验不到
惊悚、悲伤、幸福
的人间剧情，妈妈，
我曾经做过你的外婆
在另一个剧本里，我

和你的灵魂从未离开

不要靠近我

我手里的这把剪刀
不针对鱼、虾、树枝
它朝向快递包裹和
电梯按钮
当有人攻击
我不能保证它不沾上血

郑小琼的诗

郑小琼，四川南充人，有作品译成德、英、法、日、韩、俄、西班牙等语种在国外出版。出版中文诗集《女工记》《玫瑰庄园》《黄麻岭》《纯种植物》《人行天桥》等，法文诗集《产品叙事》、英文诗集《穿越星宿的针孔》、越南语诗集《女工记》、印尼语诗集《女工记》等。曾参加柏林诗歌节、鹿特丹国际诗歌节等国际诗歌节，其诗歌多次被国外艺术家谱成不同形式的音乐、戏剧在美国、德国等上演。

秋夜群星

秋夜寂寞的群星有老虎般的斑纹
与云保持失落的距离，此后日子
河流变小，天空挂满年轻的树叶
灯在讲述自身传说，墙外的黑暗
院内镜子里剩下往事执念的霜迹

秋天的杉树露出它们清瘦的身形
深夜灯下，桂花香在玻璃间震颤
我在倾听群星撞击着流水的声音
灵魂化为星光或微尘，纯真的光
像猛禽飞翔，老虎抱雪走过天空

逆流而上的鸟鸣洗净夜色中银河
溪水成石头，凝固在水中的群星
进入生命的寂静，我凝视着苍穹

在喧哗的人群中寻找自己，当我
唱完了那首歌谣，群星皆已熄灭

魏晋幽远

接骨木无眠的秋天，阴影里溢出
孤独的形体，清涧里泠泠的回声
月光在呼唤着一株毛茸茸的植物
菊花绷紧峨冠的幽香，逆光夜鸟
一把修长的利刃，切开满庭百合

蟋蟀的鸣叫，晚唐的风声与曲调
自远而至的思念遇上多愁的月夜
寂寂的词语，在等待漫长的允诺
秋天草木记录旧日子，河水奔流
风吹破九月纸窗，月光覆盖渡桥

汉代蓝的夜晚，鸟与人结伴而行
落叶的树刺破雾中无意识的寂寥
夏天秘密的颜色在无知无觉褪尽
一群群的美在消失，秋夜的灯火
适合幽远的魏晋，抚琴或者养鹤

舒丹丹的诗

舒丹丹，湖南常德人，现居广州。中国作协会员。著有诗集《蜻蜓来访》《镜中》，译诗集《别处的意义——欧美当代诗人十二家》《我们所有人——雷蒙德·卡佛诗全集》《高窗——菲利普·拉金诗集》。曾获广东省有为文学奖诗歌金奖、诗探索翻译奖，被评为罗马尼亚雅西市诗歌大使。

树木怎样交谈

雨后，树木打开清洗过的耳朵——
枝叶是语言，缠绕的根须也是
脉冲电波：语言发射的密码

一棵树站得多高，它的词汇就有多丰富
它们有自己的记忆库，数算着春天的距离
约好在最适宜的天气一起开花
又赶在冬天来临前将自己清零——

它们完美地同步
因它们的脉动同在一个频率

一棵树被砍斫，另一棵树的伤口
也会渗出苦液；一棵树被遮蔽
另一棵，会重新摆放自己的树枝

当两棵树交谈，会在月光下结出果实

当一群树交谈,造就此地的好天气

秋　夜

秋夜深了
一盏路灯昏黄,照在
桌上半杯冷茶
你晓得那不是月亮的光呀
檐下几滴冷雨也恰逢其时,正如
你恰逢其时地醒来
瞥见琉璃碗深处
隐形的闪电——
一只雀儿打了个寒噤
在巢中
收拢了羽毛

冯娜的诗

冯娜，生于云南丽江，白族，现居广州。著有诗文集十余部；作品被译为英、俄、韩等多国文字。曾参加第二十九届青春诗会。首都师范大学第十二届驻校诗人。骏马奖等。

平　原

平原曾热烈地与我谈论运河与收成
放眼看去，天空低垂在马鞍上

想到我大海的来历
平原的安慰似犁铧新翻过
瓜棚下的农人正在打鼾
时代中迁徙的土地，只有睡梦与他相关

看不见的边界教会了我凝视
凝视却不等待苏醒
平原坦荡，并非一览无遗
平原还手握着一把新割的麦子
麦粒晶莹，人们有吞咽的满足和苦楚

饥馑和年轻的歌声耕种着平原
火车一样疾速
种粒，在飞奔中筛落
那渴望和湮灭交织的时日，麻绳般拧紧

如今我少言寡语心沉如铁
失去地桩的绳索，倒向了平原

诺曼底的一年

世界停顿的一年，英国画家避住在诺曼底乡间
疫病与战争的秉性愈发相似
战争早已抛锚在海滩

阴影从脚下的土地漫上山楂树
褐色的枝干长满叶刺
画家无意于描绘石质的城堡，他年过八十
足以分辨哪种阴凉更让人胆寒

他连日在阔叶林间走动，找寻一截木桩
以返回年轻时代的骄傲和谦卑
那种走在雪上的嘎吱声
冻坏一半的浆果
在没有人赞美的天气里，恢复着四季

他画下了攀折果树的脆响
一只雉鸟跌落
许久没人拨开过杂草的荒野小路
命运，从这里开始消失
白色、橘色、烟紫色，黎明一样的花束和积雪
仿佛没有经历过时间的问候

他剪裁又缝补着诺曼底的蜂房
人们听见的嗡嗡声，不再来自空袭和铁轨
嗡嗡声沿着均匀转动的齿轮

它饱蘸着湿漉漉的重逢——

在一座北方城市的美术馆,当我还是个青年
他画过一条标识模糊的道路
那不知通往诺曼底还是未登陆的心灵之地
我曾踏入其中

宝兰的诗

宝兰,中国作协会员、中国诗歌学会理事、广东外语外贸大学创意写作中心导师。作品刊发于《诗刊》《星星》《作品》《扬子江》《钟山》《上海文学》《绿风》《草堂》等。曾参加第十届"青春回眸"诗会,荣获2018·中国十佳当代诗人奖、2019·第四届中国长诗奖。现任《特区文学·诗》主编。

登贤令山

一座高出地平线的青山
久有向往之意
深秋,树木显得有些落寞
越陡峭的地方,越有捷径
多数人依然选择大道
敞开胸怀,费力地往高处走

密林深处尘封的古道
走过被贬的韩愈们
后人的长思久仰
让时间不再碾压大地上的谪臣
让他们成为忠良的代名词

古庙前
韩公手植的千年金桂
怂恿我们如蚁辈般
攀行在离芬芳最近的高枝上

进入一首首真挚、敦厚，不被
任何风向裹挟的诗

野槐花

春天有信
告知我，你已率先抵达左山
我粘满花粉的指尖
正散发着时间的甜味
我有一些不能超越的欲望
整个季节的绽放都是我的表达

山坡上的那棵野槐树已经
没入时间的深渊
当年那个栽树的人早已不见
只有香气依然在风中固执地奔跑

浓烈的白满足了这个愉悦的正午
这明亮的舞蹈，风中的隐士
让我轻轻抹去带着体香的词语
像抹去"一团不竭的火焰"

谭畅的诗

谭畅,广东省文艺评论家协会副秘书长、广州市女作家协会副会长、花神诗歌节总召集人。代表作《大女人》组诗,提出"柔软出诗人"。出版诗集《文字上的女人》《大女人》等。创作《狐眼爱语》《先生》《通道》等现代舞剧,曾获中国音乐文学学会特等奖。被评为"第一朗读者"年度优秀诗人。2021年创作的大型民族交响乐诗《岭海长歌》在广州首演成功。

生离离生

多看一眼,记多一点
努力想TA恼人的样子
却又在用力爱
一丝一缕从牙齿到鼻尖
腮帮的酸直冲太阳穴
你便垂下目,回望来路
何至于此,何至于此呢
雪片般的感念覆盖了思绪
恍然不知身在何处
今生无非是如叶飘零
水上揉捻变色
顽强着不肯腐烂

安然的诗

安然,中国作协会员。出版诗集《北京时间的背针》《我不是你的灌木丛》等。获首届《草原》文学奖、第四届草堂诗歌奖、名人堂2018年度十大诗人奖、第四届李杜诗歌奖等。

给 我

给我水
给我灵感
给我修建一座房子
没有春天的池塘

给我灵魂
爱
和野兽般的命运

给我——
比夜,还要辽阔的生命

无果之秋

从骨中来,从鳞片中来
提着高山和流水

从古代的腥气中来

去反悔，去顿然
去打望无果的秋
和野兽的仓皇出逃

翠竹和风声说来就来
在灯火明亮的夜晚
只有流亡者在宽恕，在忏悔

如有黎明初生
我将从傲慢中来，给予你
春华、光晔和白蘋之香
以及一种颤抖中迟疑的愤怒

林馥娜的诗

林馥娜,生于20世纪70年代,居广州。中国作协会员、广东文学院签约作家、高校创意写作特聘导师。出版有《我带着辽阔的悲喜》《旷野淘馥》等,多次参与主编及评析大型书系。作品发表于国内外刊物。部分作品被译成多种文字。诗歌、评论、散文曾获多种奖项。

我不在我之中

为了陌生人
她在自己的夜晚失眠
却现身于远方某人的梦境
痛与爱,她都
置身其间又不在其中
在暗夜的大地上
有人在失去,有人在拥有
而无法相互抵消
哪一种,都有
炙热的疼痛与洞照
懵懂的青春她曾经走过
不忍与惜别越来越多

布非步的诗

布非步,当代女诗人,曾用名布尔乔亚,本名布独伊。籍贯河南南阳。

西双版纳的情人
——访达维什

如果与镜子相互映照
这是没有硝烟的战场
扬起的手臂在八月抵达
像上帝遮蔽的情人分散
顿悟的继承者
开始在澜沧江读诗,读跳舞草
穿过勐巴拉娜西博物馆的边界
你属于任何地方,不拘泥
小小的一隅,同样的夜晚
同样的白天,公众的福祉
照耀着最简单的事物:
这是最后的王国,我爱你如爱你
唇形漾起的花束

罗梭达 *

我张开了臂膀拥抱你,我的爱人。
在海拔520米的罗梭达谈论爱情的走向,

它栖息在 3.75 亿年的化石容器里
撕碎的时间会通过辩证法重新生长吗?
玫瑰在慢慢退回到它们的枝丫上,
"可以与我自己分离,却不能与你分离。"
二月末的哀牢山下静谧的山谷,
唯有我们的爱像红喉歌鸲一样降临,
先知在这座中世纪古堡深处毫无价值。
带上我远远地逃走吧,
在响马石的日光浴里,
哈尼族的语言长久以来已失去它的
二元性,或者给它们注入和巩固
对遥远的母语忧伤而甜蜜的念头
为什么我要隐瞒,绕指柔的笔尖
带着最细微的体贴,在战栗中交付彼此
抚摸过每一片墙上的树叶,就像在抚摸你
它们在穿越我们之前呈现什么样的舞蹈?

注:* 罗梭达为云南一个 3 亿多年的古化石村

广西女诗人

黄芳的诗

黄芳,生于广西贵港,现居桂林。中国作协会员。曾参加第二十六届青春诗会。2022年被评为中国少数民族文学之星。

喑　哑

他们面对面坐着
黑夜漫长
风吹来,他们举起手中的酒杯
喝一口
雨落下,他们又喝一口
偶尔她只言,他片语
说人世长,雨夜冷
酒杯空了又满,像一种安慰
却不可安慰
终于,她哭了
"我没有父亲了。"
"我也没有父亲了。"
瞬间雷声轰隆,万物喑哑
闪电划开夜空时
世界惨白
世界惨白像一个没有父亲的孩子

黄昏里

然后，他们在黄昏里挥手
道别
捧西瓜的人，拉下长影子
提枇杷的人，踩着碎步忽左忽右
在第一个岔路口
她对着木叶中的路灯说，嗨。
到第二个岔路口
夜色沉下来
她看到一个老人从树下走过
他笔直的身子像父亲
抽烟的样子，也像
她看着那个影子慢慢地晃过去
慢慢地从树下消失

羽微微的诗

羽微微,本名余春红,广东茂名人,现居广西梧州。中国作协会员。曾获人民文学奖、《诗选刊》先锋诗歌奖、黄河口驻地诗人奖。出版诗集《约等于蓝》《深蓝》。

就像是所有母亲的孩子

战场上的士兵
被子弹击中,快要死了
出于害怕和留恋
他不停地叫着,妈妈,妈妈
直至吐出,最后的气息
叫妈妈的时候
他就像是所有母亲的孩子

他的敌人
在最后时刻
也可能这样叫着,妈妈,妈妈
也这样害怕,也这样留恋

离　歌

风一直吹
有七八颗星星
被吹得越来越近

它们在大地上没有影子
而我们的影子
被缓缓吹起
像是两片翻飞着远去的叶子
像是两个翻飞着远去的人
人浮于世
常湿衣襟
我深深地呼了一口气
湿了眼眶
此时此刻有何相赠
柳枝不常有啊
何况离别应与沉默更合衬

陆辉艳的诗

陆辉艳,广西灌阳人,中国作协会员。出版诗集三部。作品发表于《十月》《诗刊》《扬子江诗刊》《天涯》《上海文学》等刊物。曾获华文青年诗人奖、2015青年文学·首届中国青年诗人奖、广西文艺创作铜鼓奖等。曾参加第三十二届青春诗会。

在云杉坪看到的雪山

山顶的积雪,和白云连在一起
山峰变得更为孤寂
它在自己不可与众人享的无言里

我仍然没有到达山顶
神圣的事物,可以遥远地望见
此行就足够了

当我回头,一棵云杉
塔尖一样升起的树冠,在雪山闪耀之中
如此真实,不再需要保存意义
我的脚步突然变得轻快,如风过湖面,如有神助

蜘　蛛

在老房子昏暗的光线中
一只蜘蛛静止在墙角

它把网固定在墙缝、画框
和黑白电视的两根天线上(它们已无法
接收外界的信号)
而对一张蛛网来说,这应该是
理想的样子:规则,细密而牢固
有对抗不测的多重依附
如果将蛛网用放大镜无限放大
那无疑是一张银色渔网,是父亲
曾在无数个阴雨天
反复织补的那一张
但父亲不是蜘蛛。他不可能一遍遍
重新修补自己的生活
如果蜘蛛的出现是一种隐喻
父亲则处在一个想象之外的世界
——那里时空转折,语言
顺从弯曲的路径,不曾被理解

唐女的诗

唐女，70后，桂林市全州县人，中国作协会员。在《诗刊》《草堂》《诗潮》《青年文学》等刊物上发表作品。出版诗集《在高处》、散文集《云层里的居民》。获第九届广西文艺创作铜鼓奖、广西第二届花山奖贡献奖。

动荡的小屋

我住的小屋动荡不安
车轮的轰响往墙壁上涂抹
四面八方。十八年一刻不停
一层又一层，从白到粉
到绛红。瞧
我身上的颠沛流离
哪一处都能碰响，哪一处都可爆破
至于安宁，看从女儿均匀的呼吸中
能否找出一点蛛丝马迹
羡慕吃苦楝果的灰椋鸟
翅膀上吊着的自由
感谢那些桂花树
覆着薄霜，扑打着翅膀
从不飞走

安乔子的诗

安乔子，本名冯美珍，广西北流人。中国作协会员、鲁迅文学院第四十一届高研班学员。有作品发表在《诗刊》《扬子江诗刊》《星星》《诗探索》《青年作家》等。曾获诗探索·第十届红高粱诗歌奖，被评为广西年度诗人。

这一天，人间无事

这一天，所有人都觉得台风来了
但它没来，它在半夜退去了
这一天，孩子上学去了
父亲照常去工地了
母亲在屋里默念：一切都是最好的安排
这一天，太阳从天空倾泻着上帝的光
我在小小的火车站，等一列火车
把你送走后，我就回来了
这一天，人间无事，阳光普照

海南女诗人

艾子的诗

艾子，已出版《寻找性别的女人》等，曾获2019两岸诗会桂冠诗人奖等奖项，中国作协会员、海南省作家协会副主席。

异性村庄

你用什么容纳我
这样不明不白、毫无理由地决定我的出生
我对你是一个秘密
当我的第一声啼哭蔓延开来
一群乌鸦汇聚
奔走相告
给早熟的男婴带来一场小小的慌乱

你用什么容纳我
我寄养在一个不同性别的
雄性村庄
他们体魄强壮，充满杀伤力
意外的时刻被上帝迫使与我完婚
共同呼吸，在同一个屋檐下
对出生发出共同的疑问

而我仍然是寄养在外村的异客，我的
发型、体态，以及在夜里发出的梦幻的声音
对他们是一种叵测之辞
表面上我们互不干扰，以身相许

结成三口之家达成同盟
事实上我言不由衷,言听计从
并被长辈时刻教导:量力而行

你用什么容纳我
我的出生对你是一个威胁
我甜美的嗓音中含有罕见的韧性
你惧怕我出生,所以你必须让我出生
你深明先下手为强的道理
把我安插在异性的村庄,岂知
我的韧性一磨再磨,在你闭塞的居所
通过漫天乌鸦,更改
你的法典

婚　姻

去过你的旧居所的人
都染上一身霉味
多年遗传的疾病
迅速在爱情——甜蜜的部位扩散
人们面部表情惊慌,内心失望
暧昧的态度找不到治疗的偏方
最终顺应千年真理:婚姻是爱情的坟墓

你的旧居所如此破败,高筑的围墙
充满女巫的气息
而人们依然结双成对地
奔赴你,像奔赴上帝的旨意
宿命的猜测引起无数战火
人们远远看到你

单调、古板,相互构成的责任
难于用体力解除

唯有我熟知你的品性
你在白天世故、腐朽、一脸沧桑
在夜晚崇尚鲜花
你年仅二十
却陷阱密布
有的人在你的屋檐下生儿育女,同床异梦
有的人目睹你的面容后死于非命

你秘密把手纹伸给我
你习惯声东击西的习性,在手纹的记载中
暴露无余
唯有我熟知你的品性
而在我翻过城墙,跨进你的门槛
带着我的新婚夫婿朝拜你的时刻
年轻的老者
你仍然用一张变幻莫测的脸,取代
你的初衷

衣米一的诗

衣米一，生于湖北，现居海南。著有诗集《无处安放》《衣米一诗歌100》《衣米一新作快递：塞尚的苹果》《衣米一诗选》等。

凝 视

离开你
我比喻为离开一座公园

离开公园，我比喻为
离开杂草丛生，蚊蝇叮咬，人声鼎沸

我比喻为离开故乡
故乡从此都是良辰美景
虫鸟团结，草木绿得没有破绽

白 鹭

就在刚才，三只白鹭
贴着山水国际湖的水面低飞
落到对面的红树林
接着一只白鹭
往反方向飞行
湖水不会干涸
时间没有用尽

有人在吹不成调的萨克斯
有人在钓不上钩的鱼
有人在哄哭闹着的孩子
枯枝散落在湖边
四周一如既往
如今天，如昨日
如第一次所见
如所有故事在这里停顿了
四周的人都看到白鹭
不存在空地
空地将立起纪念碑
长方形、正方形、不规则形
铭记白鹭的白
白鹭的轻、白鹭的小

死亡问题

是百合，不是玫瑰
是用密封罐
来装一种
需要隔开空气
才能存储的物体

尤其是在去的路上
女人的声音
像鸟
鼓，像军鼓
几乎没有人唱歌
完美的谢幕是
提前选好要穿的衣服

许燕影的诗

许燕影,福建晋江人,现居海口。中国作协会员、海南省作家协会理事。已出版诗集《轻握的温柔》《我怎能说出我的热烈》《湍急》,散文及随笔集《燕影的天空》《踏花拾锦年》《那些漫过脚踝的水》等。曾获奖并入选多种集子,曾获《现代青年》十佳诗人称号。

棋子湾

多久没有棋逢对手了
消息中棋石任海潮冲刷
没有你争我夺的搏杀
黑白轮走的天地暂歇于海湾

现在,它开始想念指尖捏拿的温度
曾经的仙人去了哪里
不过是一局棋枰,回首人世已荏苒
江山且可烟云,王侯霸业又如何

人到中年已顺中庸,谁还会在意棋势输赢
且看仙人抛下的棋子矗立成岩
堤岸上,龙血树簇拥成一道道御墙
野菠萝在日光下正放肆疯长

每一轮暗战都将是棋逢对手的一次乐趣
一如此刻,每一次转角都将是一次别开洞天

河南女诗人

杜涯的诗

杜涯,现居许昌市,出生于1968年1月,曾获鲁迅文学奖,出版有诗集《风用它明亮的翅膀》《杜涯诗选》《落日与朝霞》等。

关于整体

整体是清晨的朝霞天赋地完整
是下午的落日从容宏大地沉降
是冬天的旷野上,落雪的无边无数
在五月,整体是无尽的麦浪滚在大地上

大海以激荡、涌动显示整体
山峰以绝对的生长成为整体
有一种整体在万峰之上
如果我们上升,我们会升入整体

我们其实皆是整体的一部分
以粒子的形式,我们转动
环绕、转动、浪迹,然后回到整体
整体,是我们终究要回去的地方

我们中的一部分会成为世界之"玉"
它们来到这里,是为了让世界清洌
它们的最终命运是碎裂。在保持中碎裂
是为了把自己纯粹、无缺地交还给完整

整体，它的样子有时并非如我们一贯认为
整体，它有可能是无边无际的
是无始无终的存在，是无限之体
事实上，我们看不到整体的边际

那在远处的无边无际里的
那在远天的杳渺里望着我的
那在无形中等着我、陪伴我的，是什么？
我有来时的风雨，也必有离去时的无限整体

扶桑的诗

扶桑,获《人民文学》新浪潮诗歌奖、十月诗歌奖等多种奖项,入围2010年华语文学传媒大奖年度诗人提名。部分诗歌被翻译成英、德、日、韩等国文字。著有诗集《爱情诗篇》《扶桑诗选》《变色》。

有鳍的上帝

鱼类的上帝是有鳍的
猫的上帝四足生着厚厚的肉垫
你的上帝一口河南官腔
他的上帝黑如一只漆皮鞋
女人的上帝美貌动人,身穿名贵的露背长裙
男人的上帝手握权柄,胯下
一副夸张的阳具,像原始部落的图腾

上帝,表情愁苦的
老囚徒,在万物的
妄念里服拘役正如在他们的受难里

手

闭幕式的最后
深红的帷幕里响起了《阿里郎》
所有人起身离开了座位
每一个人伸出自己仅有的两只赤裸的手

所有的手紧紧拉着跳起了环舞
不再有中国人、韩国人、日本人
只有温热的、心贴着心的手
——在这最后的离别的时刻
我多想生出一千只手
与每一个人的手相握

小葱的诗

小葱,中国作协会员,出版诗集《夜鸟穿上鞋子旅行》《青葱》,参加第三十二届青春诗会。

风琴上住着繁星

赵定河忽而沉郁,
忽而伏在鱼鳍上打盹儿——

晚云和受伤的小麻雀,认真走动,
分开后的你我也一直都在努力生活。

谁会穿过早春?
余情像绿色烟雾笼罩着站台。

窗外那棵老香椿树成了精,说:
枯萎的不止手、嘴唇、街道……

我的风琴上住着繁星。此时恰好读到
里索斯的诗句:"寂静是跪着的。"

苏果而的诗

王净晶,笔名苏果而,河南省作协会员、2015年《中国诗歌》"新发现"诗歌营学员。作品散见于《中国诗歌》《散文选刊》《诗歌月刊》《山东文学》等,出版诗集《净的诗》。

让它们活着

笔下的字,我赋予你们
端庄和荡漾。
方言粗粝,书面语冰凉,
穿过记忆的过堂风,
每一片唇瓣都应该跳跃
在落日的黄昏、雨后的沙滩。
唯有少女的气息,可与细长的手指比拟。
年华在创造,
结出成熟和圆润的果实。
不过这一切,在每一个朝阳升起的清晨
隐隐作痛。

湖南女诗人

张战的诗

张战,湖南长沙人,中国作协会员,现从教于湖南第一师范学院。已出版诗集《黑色糖果屋》《陌生人》《写给人类孩子的诗》《张战的诗》。

稻　子

到了九月
镰刀自会去找熟透的稻子
带着一种光
使这相遇看起来神圣

若我说稻子唱着恩典的歌你会同意
若我说稻子唱着陷阱的歌你会皱眉

手心朝着刀刃还是手背朝着刀刃
禾被握着
总有事物要流血

你试过干透的松枝煮新米饭吗
铁釜、少水,只用一把火
热脆的锅巴稍撒上一点盐

食物充足时
锅巴就美丽

稻子让更多人活下来

一部分是好人

听舒伯特《未完成交响曲》

我以前不知有孤独
我独处，沉默
却总有大鸟鼓翼随形
远山积雪
无穷春路
穷人也能嗅到玫瑰幽香
我的心总是轰鸣

我独自歌唱
只为了唱
唱就幸福
我不戴面具
有时我也隐形
透明

但有一天
有一天
听舒伯特的《未完成交响曲》
在一枚红色海螺里
我的心如螺肉
从螺壳中被拽出
我是舒伯特《未完成交响曲》的一个拓片
音乐是水
我是水迹

我那时非找一个人共听

谈雅丽的诗

谈雅丽，湖南常德人，中国作协会员，鲁迅文学院第三十六届高研班学员。曾参加第二十五届青春诗会。获湖南青年文学奖、冰心散文奖、华文青年诗人奖等，出版《鱼水之上的星空》《河流漫游者》《沅水第三条河岸》《江湖记：河流上的中国》等。

情至雪峰山

错过与你一面之缘，
夜里我柔肠寸断
想找一个借口，傍晚云海漫过来
低沉的湿雾笼罩，山路蜿蜒
涌向云边——

你的眼睛，黝黑严肃
抬头看窗外的我，当时夜色漫过来
古老花瑶的离别歌被伤感唱起
溪边一棵泡桐，落满溪莹白
这美，也令我难过——

我们往山上行驶，因为错过的相遇
一路我柔肠寸断
你清澈的眼睛永远在说
"哦，不！"
其实是说爱吗？

夜里没有月光,我听了一夜雨声
有时候幻听,以为是溪水从梦中淌来
打湿了我的枕畔
第二天清晨,往山上去看云海
山路潮湿,泥地打滑
是不是昨夜暴雨袭击你的山门

抬头看见群山之上云海翻涌
正要下山的你,时间不早不晚
群山拉开幕帘,而不早不晚的你
微笑对我说:"嗨,你好!"
刹那云开日出——

"我认出风暴而激动如大海"

邓朝晖的诗

邓朝晖，中国作协会员、常德市作协副主席。曾参加第二十三届青春诗会，鲁迅文学院第二十二届高研班学员。获湖南省青年文学奖、中国第五届红高粱诗歌奖等。

最惬意的时刻

一年过完了
没有悬念的一年
仍然为着衣食忙碌
每一天紧张而尖锐
需要飞驰，排除杂念和瞌睡
每一天都在舞蹈
踮起脚尖
看见山峰与大海
偶尔会过江
从江的底部穿过
像风穿过风琴
植物拍打着百叶窗

这是一年中最惬意的时刻

夏日午后

万物皆有罪
我只保留美的那一部分

猫咪伏在白石上
长裙善舞
瓷杯空无

我一家一家地走过
午后的店铺
桥边水母绽放
三角梅不如海边
只有独立的几朵
青桃迟暮，皂荚惊心
小小书生拱手吟唱《牡丹亭》
午后的骡马巷形同一片废墟
孔雀仙子飞回了南方
大门紧锁
尘埃落定
树下的老者
宛如我死去的父亲

玉珍的诗

玉珍,1990 年生于湖南。

鹅　群

这些鹅并不知道,
它们的白构成移动云团,在乌云下
无所作为,而我的叔父
这片土地的临时掌权者
正指挥竹竿进入那片聒噪,
进入人与鹅语言的盲区,
他将要继续对牛弹琴
借食物与生物钟进行交流反应
雨云即将到达,但不溅湿任何一只鹅背
它们将无忧无虑,满足享受空虚
更多鹅,更多笨拙的艺术被圈养
在雨中玩它们的舞蹈
一只鹅可以变成很多,或一群
用长脖子占领这薄土
摇动它华贵的胖尾,像国王散步
有时候突然起飞
像马上要离开那儿永远不回来
看上去这样坚决这来自它
矫健而纯粹的翅,
它足够有条件去别处出彩,但笨重
使它很快又落了下来,

它是嘴硬的，脖子高傲地
竖着它自己穿过这儿的河流和三八线
在雾中将小块领土变成鹅教堂
但从那穿过火就到地狱
直达晚餐的时刻然后鹅毛乱飞
鹅的纯洁
会在火焰中变黑变成熟
直到一个碗或寂静的喉咙
顺着那忧郁的夜晚吞下它
鹅的小哲学与忙碌
一切又安静了，包括它不符合优雅的嗓子
鹅与它洁白的生活，在那棚子下寄宿
并为农耕学展翅
只有离开这儿，地鹅才成为天鹅
消失的鹅才属于一只鹅
或那种纯洁、无知的蛋，
被野蛮踩得稀烂。
要够多鹅够拿来消失，肥胖地养着
成群结队，懒惰地游戏
被施以两脚鸟的教化
进入对到访者的进攻，进入铁锅或
一片白色的云，而草地已被睡塌
草地才属于永恒

月　亮

月亮像白月季
悬挂在漆黑一片中
纯洁、忧愁，一语不发

有时我站在门前看天
到处是黑暗的
就只有月亮在那儿
月亮正
照着这黑暗

多么强大,突破了那种遥远
来到这陌生的地方
所有人看到这神奇
是人们可以相信的神奇

温柔、忍耐
我们控制不住这永恒

猫的傲慢

猫比我傲慢,
它的潮流是多毛的,
限量版台步由想象制造,
它还没胖起来时
非常矫健。在屋子里四处飞行
轻得像个意象
苦似乎不靠近它,
但它也不得意
在这儿充满情绪的波动
但猫没有,傲慢的猫
总是坐在一边
俯瞰夜色与我们的晚餐
如果它看透了我们但不表达
是为谁保守秘密?

猫只是狡猾
勾引般走着
从双眼中放射时尚与冷酷
有时把柔软的肚子靠过来
但很快又消失
我的猫朋友大概无所不知但
不屑与人类表达
它傲慢地发笑
又好像没笑
总吃完东西便打盹
现在是肥胖一团
融入夏日
它几乎能融入一切

湖北女诗人

阿毛的诗

阿毛,籍贯湖北仙桃,居武汉,一级作家。出版有诗集、散文集、长篇小说等近二十部。作品入选多种文集、年鉴及读本。曾获多项诗歌奖,部分作品被译介到国外。

声声急

由两头走一条路
或坐在珍珠里
望月亮和大海

我的乡音
久违了

听直播间的琳达
借皇家马步蹲的时长
煲鸡汤

"运动治愈忧伤,
让关节的弹响消失……"

而昨天的鹅毛大雪啊,
变成今天的淙淙溪流……

我还没堆好雪人
还没找到雪人的鼻子和嘴巴

雪就化了

而我身上的雪
越飘越大

借你的白被子
盖一盖悲伤的肩头吧!

夜鱼的诗

夜鱼，本名张红，祖籍江苏东台，现定居于武汉。出版诗集三部。曾获叶红女性诗歌奖首奖、首届孙犁散文奖、第二届湖北屈原文学奖、读友杯儿童文学奖、人民文学征文优秀奖等。

我的痛苦不是一间黑房子

法师，此刻我正看着办公室窗外的阳光
那些晒过的香樟叶
绿意比山上的浅了许多
而山下的我，也似乎比山上浅
刚才一件工作上的事，我半小时完成了
接下来，我将继续按部就班
下班买菜，煮饭熬汤
除了不得不为了孩子，尽量避开血腥
但却没办法不喜葱姜蒜
我不想刻意改变什么
我也没有因此感到难堪
心安，山上山下就都一样了吧
法师，我想不起那天在庙前，低头望着脚下阶梯时
到底想了些什么，让您生出怜悯
阿弥陀佛，俗世之人其实都可怜
我也不例外，挣得脱挣不脱
此消彼长，并无圆满
那就这样吧，我饮下的是茶还是酒，都不重要了
明日的醉意可能更不可解

我的痛苦不是一间黑房子,是一架云做的梯子
月光洒在上面
风使它轻轻地晃动,我的
生之趣
也不分黑暗光明,只是随风晃动着

青葱的诗

青葱,永州人,曾在《诗刊》《收获》《十月》等多种刊物发表诗歌和小说。

秋　水

他靠窗读王维,我坐书桌前
读斯奈德,在寒山居住三十年
"轻风在一棵隐藏的松树里——"*
总有一些人往返,在立秋日
感受磅礴的东西渐渐
低落而幽微。我在我的内觉里
一时是布谷鸟撒欢
一时是塘边枯荷
离房间更远的是我一个人
走在潇水边,水岛的芦苇和枯枝
给我比半刻更多的沉浸
像此时他翻动书页

注:＊出自加里·斯奈德《寒山诗二十四首》第五首。

时间的回响

时间是斧子的回声
响在树林里

——拉金《这是头一桩》

你走来时带着弹跳
手幅摆动小。起初看见的人
忍着笑从远处投来一张
叠成纸飞机的邀请函
他们想要你给聚会安排嘉宾
或让女同学在房间发现湖底的淤泥
你摊开手掌,从掌心掉下一尾
白鲤鱼,开始和它说话
哈哈大笑听凭人们借用隐喻
说发疯夜遇见的那些奇特姑娘
耳朵裹着头巾度过夏天
当她们脱下鱼鳍,从小说里溢出来
拥有温热的身体散落
到西安、镇江
也流落到找不到的地方
时间全用来寻找来自芍药居
搭乘火车赶往大雁塔的年轻作者
他和白鲤鱼一路做伴
直到离别发出
巨大的回声

黍不语的诗

黍不语,湖北潜江人,生于 1981 年 9 月。著有诗集《少年游》《从麦地里长出来》。参加第三十五届青春诗会、第七届十月诗会。曾获陈子昂青年诗人奖、扬子江青年诗人奖、屈原文艺奖、长江丛刊文学奖等。湖北省作协首届签约专业作家。

你在那么美的地方

你在那么美的地方出生
子宫、手心、怀抱,新鲜
无觉的世界
你把最响亮的哭声献给了她

你在那么美的地方长大
小学校、石子路、电影院、田野、清贫
又慷慨的月亮
你把新鲜而莽撞的力量献给了她

你在那么美的地方与人相爱
双人床、厨房、火车、落日、两颗心
碰碎的一万片海水
你把最亮最重的眼泪献给了她

你在那么美的地方变老
变空、变模糊、变成陌生的另一个人另一张脸
最后在那么美的地方死去

死去后你的身上还长着青草和野花

你在那么美的地方
从未有悲哀

山西女诗人

阿蘅的诗

阿蘅,山西临汾尧都区人。有作品发表于《诗刊》《星星》《诗歌月刊》《诗潮》等。

穷人的葬礼

铅灰色的天空,刚下过雨
一只狗站在门洞里抖落身上的雨水
槐树学着狗的样子抖动
枯黄叶子,道路中间搭着一座灵棚
那种铁架支撑塑料篷布,纸扎的花圈
灵幡,软塌下来
——也没有响器乐队,哭声稀薄

我得绕道。从校门口外垃圾堆上缓慢驶过
经过一块田野,一段没有路的荒径,拐两个弯
回到宽阔的马路上

建筑物遮挡住的灵棚和哭声
再一次浮现
棺木里的人和棺外伏地哭泣的人
多么孤单的两个人。

在公路上独自驾车行驶的人,
即将成年的独子,离家越来越久越远的人

梦太长了

我睡着了
赫拉巴尔的《林中小屋》从手中滑脱
利本尼桥上走下来的
不是艾丽卡·赫拉巴尔,而是我妈妈
提着一竹篮水芹菜、野薄荷,仿佛是某个春天
刚从田野里归来
我想冲她大声喊一声"妈妈"
——喊出我的诧异和困惑

一切都太晚了,当我从梦中挣扎着醒来

内蒙古女诗人

刘晓娟的诗

刘晓娟,内蒙古赤峰林西人。内蒙古作协会员。有作品发表于《诗刊》《星星》等。有诗作获奖及入选部分选本。

月亮沟

马睡马厩。牛住牛棚。庄稼与草木都心怀故国
不觊觎,不生敌意
月亮选择一道沟栖身,有不为人道的玄机

在月亮沟,我有时会想起毛姆,想起六便士
我想起这些时
牛马在山坡吃草,庄稼在地里拔节

书生站在时光之外
用一柄千疮百孔的勺子
执拗地,捞沟底月亮

北琪的诗

北琪,中国诗歌学会会员、内蒙古兴安盟作协会员、内蒙古文艺评论家协会会员。作品发表于《十月》《诗选刊》《草原》《诗歌月刊》《散文诗》等报刊,并入选多种年选。

潜 水

看到小鱼的瞬间
我觉得,自己
也是一条鱼

水里的压力越来越大
仿佛要挤净我体内
所有的浮华
我不得不放弃深潜

一个走过喧嚣尘世的人
融不进一片大海
更无法与一群鱼,推心置腹

潜入水中,我也只是
靠近了清澈

一条河在源头断流

每一粒尘土，都是罪魁祸首
每一双手都难辞其咎

一条河，还没来得及选择奔腾向前
还是迂回蜿蜒，还没来得及说出
隐藏在浪花里的秘密
就被迫选择，结束自己的生命

它将自己埋葬在山谷的黑暗中
猛念咒语
阳光早已打不开它的心扉

这片土地，落满沧桑
寒风呼啸
一条河的源头站满悲凉

青蓝格格的诗

青蓝格格，内蒙古人，中国作协会员、全国公安诗歌诗词学会理事、全国公安文联签约作家，鲁迅文学院第三十六届高研班学员。曾参加第二十七届青春诗会，《人民文学》第五届新浪潮诗会、《星星》诗刊第三届全国青年散文诗人笔会。著有诗集《如果是琥珀》《石头里的教堂》《预审笔记》等。

高处不胜寒

我痴迷于与心爱的人一起
攀登到高处。
因为在高处，
我可以向他坦露我
丝一样的胸脯。
我们还可以点燃一支
玫瑰色的蜡烛，
以此，完成一场近乎爱情的完美的
仪式。

某一次，
在处理一场劫持事件的现场，
我也登上了一次
高处。
那是十五楼的楼顶，
一个男人劫持了一个女人
当人质。

那一刻的高，不是爱情的高、
不是甜蜜的高，
而是用地狱垒起的高、
恐怖的高。
那个制造这场劫持事件的小个子男人，
他猩红的眼睛，
让我联想到了一头
暴怒的
狮子。

"你迷恋高吗？"
"嗯，
我迷恋，深深地迷恋。"
他特意强调了
三个字：深深地……
我从"高"这个话题入手，
与他开始了
一场攀谈。
"你以为你在高处就能长出一对翅膀吗？"
"嗯，我觉得能。"
"如果能，你长出的翅膀
也是玻璃的。"

"我更喜欢
易碎的虚无。"
"那你直接从高处跳下去吧！"
这个男人一定没有想到，
我会用这么直接的语言去刺激他的
神经。

（我为什么敢
刺激他，因为我观察出他是一个
有梦想的人。）

接下来，
他搂紧了女人质，
我缓和了语气。
"你抱着的女人多美啊！"
我故意用了"抱"这个字，
我是想为这场劫持事件营造一幅温情的
画面。
我是想温暖这个男人，
让他觉得他是在
爱……

我们的对弈
很完美。
他放开了女人质
——举起双手向我走来……

那一刻，
我甚至产生了一种错觉——
我将这个男人
当成了我心底一直深爱着的那个男人。

——高处，
——不胜寒

唐月的诗

唐月,一个惯于为沉默分行的人。现居内蒙古包头。诗作见《诗刊》《星星》等。曾获《鹿鸣》年度诗歌奖、许淇文学奖等。

妇人之仁

从旧信封里抽出新诗句,塞到
废弃的绿色邮筒里
小满的颜色,不妨这样定义
反复投递过白鸽的人
又一次回到生活中
灯下,一颗一颗剥毛豆
偶尔剥到生虫的豆子
她会将它们重新放回到豆荚里去
永远要给入侵者留一件衣服
她一再提醒自己——
我们只是御寒之用,而它们
尚需遮羞与活命

晓角的诗

晓角，内蒙古人。

南　方

是家门以外的所有地方
蒲公英白了
树叶那样落去路上
在南方
有一个雪人
融化在我手心里

宁夏女诗人

瓦楞草的诗

瓦楞草,本名于洪琴,70后,吉林人。宁夏作协诗歌学会副秘书长、宁夏文艺评论家协会理事,主要从事诗歌及文艺评论写作,作品见于《星星》《朔方》《诗刊》《诗歌月刊》等。出版诗集《词语的碎片》。

在故园看雪

小小的从天而降的白蝴蝶
是妈妈眼里的水珠儿变的
一落到肌肤上,就恢复原来的样子
妈妈的泪是水,在冰冷中凝固
变成晶体。白,一点点积累
一点点铺开,在田野上
像一张大而无字的纸
妈妈不评价自己好与坏
她离开人间后
就把这白纸交给我
并在梦里说:
你想怎么写,就怎么写吧

更年期

快乐之门关着,叩几下没有开
吃谷维素依旧不能解除某种痛苦

抖音里一位催眠师让我安静
从一条路返回,我开始感觉自己变小
不断把成人的烦恼还给时间
脸上的胶原蛋白,身体的活力
也一点点恢复。再继续
就看到年轻的母亲
她的目光皎洁像是月亮
我哭了,用婴儿的嗓音
我发现自己在她手边的尿布上挣扎
正寻求爱和保护

查文瑾的诗

查文瑾,宁夏人,著有诗集《纯棉》《天大的事春天再说》,作品入选海内外多种选本,部分作品被译为英、德、韩和奥地利文。

不辨春秋

隔窗仰望
窗外天空温柔
云朵闲适
百鸟自由
似乎没有一物
不在自在里

躬身俯瞰
夕阳洒下万道金光
抚着众生
众生矫健
走在小区
细长的人行道上
他们说说笑笑你催我赶着
出门排队核酸

此情此景
让人心里不禁一酸
为什么夕阳下山
也如此晃眼

让人分不清
窗内和窗外
楼上和楼下
笼鸟和飞鸟的区别
到底在哪里

差点像斑鸠一样
误把秋天当春天地
歌唱,歌唱

白与黑

有时候
我也想活得
像张白纸
爱着另一张白纸
所有的白纸
却又提笔
在它们身上
密密麻麻写满黑字
以此记述白纸
一生的遭遇

我们和影子互不相欠

你眼见的
伟岸生花
不过有盛大的落日加持
你心向往的

彼岸生花
不过是有忘川
还望不穿
我们一生
不过是在替影子
奔赴
抵达
影子的一生
不过是在替我们
高大
伟岸
虚无
我们互不相欠
互不打扰
一生都无法拥抱
一生都不离不弃

青海女诗人

马文秀的诗

马文秀,中国作协会员、中国电视艺术家协会委员。著有诗集《雪域回声》,诗集《老街口》(长诗)入选中国作协扶持项目。曾获第五届中国长诗奖、郭小川诗歌奖、《延河》杂志最受读者欢迎奖等奖项,现就职于中国诗歌学会。

照进彼此

在峡群寺森林公园
我们彼此相望而不语
寻找着跟我们一样的草木

仰着脸,感受肆意的光
时而聚集,时而散开
彼此抬头的一瞬
静默而美好

我们追逐太阳的影子
亦是在追逐时间
光肆意穿透身体
在肉体表面闪烁
大自然这么多奇珍异宝
到底有哪一株草与我们相似?

或许,你我本是一束光
向下抓紧泥土

向上迎接太阳
能照进彼此
说明本身留有缝隙
这种缝隙是一种等待
足够一束光进入、温暖彼此

陕西女诗人

李小洛的诗

李小洛,陕西安康人。曾参加第二十二届青春诗会,鲁迅文学院第七届高研班学员。获华文青年诗人奖、郭沫若诗歌奖、柳青文学奖。被评为新世纪十佳青年女诗人、中国当代十大杰出青年诗人、陕西百优作家、安康市突出贡献专家,系首都师范大学第三届驻校诗人。著有诗集、书画集多部。

这一年

这一年
作为一个旁观者
我们到过很多地方
做过很多梦
梦见活着的
也梦见死去的
对那些曾经耿耿于怀的
已不再产生新的疑虑
走在路上
也没有了往日的畏惧和惶恐

这一年,风
一如既往地吹着
而我的植物
一天天长大
它们在园子里
该开花的开花

该结果的结果
有的即便就那样漫不经心地站着
不说话，也知晓了天下事
像一个单眼皮的孩子
漫不经心地走着

这一年
岁月，权利，都在更迭
爱，不曾衰减
该原谅的都已原谅
镜子还是那面镜子
但有的名字我们已不会再提起
有的声音，不再聆听
我们的内心，无比坚定

横行胭脂的诗

横行胭脂，原名张新艳，出生于湖北天门，现居西安。陕西省文学院签约作家、中国诗歌学会理事、中国作协会员。鲁迅文学院新时代诗歌高研班学员。作品见于《小说选刊》《人民文学》《诗刊》《花城》《小说月报》《北京文学》《青年文学》等刊物。发表作品一百多万字。获中国年度先锋诗歌奖等。

你一定见过北方倔强的星辰

你一定见过北方倔强的星辰
你一定见过在北方的寒风中闪烁的星辰
不肯熄灭的星辰
你一定见过哭泣的星辰，哭泣着发光的星辰
你一定见过被一场暴雨解散的星辰
你一定知道它们其实还在
一直在暴雨的背面发光
你一定写过诗向它们致敬
作为一个诗人，难道不应该吗？
你一定见过北方星辰下倔强的生命
像芨芨草一样被漠视
又像胡杨树一样活了四千年
你一定在旷野中悲伤过，匍匐过，号啕过
你跪着，膝盖都磨伤了
但你抬起头，看见了漫天星光
你站起来，你又活下去
你一定向自己卑微的影子致敬过

你一定见过北方倔强的星辰
你一定见过

关中平原的冬天

在夜里,总有树枝的鸣叫
是风,走过我们的平原
风让平原变得更干燥了
白昼,树林闪着金色的火
我们把火柴藏起
我们想要一座安全的平原
在平原上种植,收获,生孩子,欢笑和哭泣
平凡的歌曲与强烈的音符植入土地的最深处
每一棵杨树和苦楝树都有一张苍老的脸
我们的平原在冬天有深深的积雪
小溪冬眠,一脚踩空的狐狸被积雪托起
冬天,没有死亡

三色堇的诗

三色堇,本名郑萍,山东人,写诗、画画,现居西安。中国作协会员、陕西省文学院签约作家、陕西省美协会员。获得天马散文诗奖、中国当代诗歌诗集奖、杰出诗人奖、《现代青年》"十佳诗人"奖等多项。出版《南方的痕迹》《三色堇诗选》《背光而坐》《悸动》等。现任《延河诗刊》副主编。

在甘南

在甘南,从远处抵达的黄昏
像一万倾大海铺满整个草原
一朵朵蓝色的马兰花似开未开
那稀疏的部分刚好被黄昏所覆盖

一群蝴蝶从未飞过一只鹰的高度
一丛丛狗尾草与这片土地签好了契约
它们在我热爱的草原闪着生动的光
我浊重的肉身忽然变得轻盈起来

这是黄昏时分,倦鸟般的风
躲开了众人的目光钻进我的袖口
我推开头顶虚掩的云朵
闪烁的星光如同悬于高处的经卷

把最好的词语撒在甘南草原上
成为每一棵小草的偏旁部首

我接受了许多新的可能
把自己活成草的样子
像羊群穿过牧场，我穿过黄昏

我无法近距离地接近黑暗

一天的时光就要结束了
而书房的纸张依然像寂静那么静
它没有翻动的意思
在迷离的光线中它承载着虚空
像我衰老的面孔更加孤单

我轻轻地斜靠在暮色里
不再需要更多的倾诉
这注定是一个泛滥的夜晚
风吹落黑暗，吹落我一生的怀念

长路的尽头堆满了悬尘
没有人能真正解开时间的谜底
只有墙角的卡特兰，依然开得
有情有义
它们在绝望的姿态中消减着一小块黑色的影子

我无法近距离地接近黑暗
无法拥有一丛向上的祝福
在不断地失去与拥有中迷惑于时间之外的事物
和一些来历不明的暗喻
它是你的，也是许多人的

田凌云的诗

田凌云,陕西人。中国作协会员、陕西省百优作家。诗歌见《诗刊》《芙蓉》《钟山》《山花》《十月》《扬子江》《长江文艺》等。曾获扬子江年度青年诗人奖、《钟山》之星文学奖、草堂诗歌奖、陕西青年文学奖等。

田野里有哀乐

田野里有哀乐,死亡般落下
江海般逼来,令人精神紧张
我误入这旅途,仿佛一根人形铁钉
扎进了音乐的魂
为里面留下古老的隧道
而赐予是平等的,它同时穿透了
我体内断壁残垣的部分
在上面大肆施法,念咒
只为把我迷离永睡的破败
搅成一场末日火海般的灾难
我想和解,心想远离是药方
可我迈不开脚,我热爱这灾难的深意
是良药苦口般的治愈
进入地府后方是天堂
道理我又怎会不知?
于是我宁静,更宁静,闭上了双眼
突然,没有痛苦了
哀乐依然是哀乐,可里面升起黎明

母豹进化史

一只母豹在原野奔跑
有胆魄的年轻猎手像射击兔子一样
射穿了它的心脏，它带着
更大的胆魄，仰天长啸
子弹飞出了身体，伤口愈合如初
伤口成为奔跑的哲学
它继续跑，穿过了猎手的肉身
嘴、鼻、耳、四肢、肚皮
跑到了更大的原野上
有一瞬间，真理坐在石头边
眼睛被什么虚晃，看到它
瞬间长成了人类，同时吐出了
人的贪、嗔、痴、慢、疑
仅一秒就变得瘦骨嶙峋
仿佛被恶毒的女巫吸干了血肉
但它浑然不知，浑身依然
充满了力气，只是继续跑
像一道地面上的极光、认知的奇迹
边跑边从体内射出无数的箭矢
边跑边对着众神发出温柔的挑衅
它一直跑，直到雷声轰鸣
天地开裂，移动成为
静止的永恒。终于——
有一瞬间，有不凡的凡人
看到它，变成了上帝
只是存在在那儿，就是
反驳诸多言论的真理
只是活着，就是比一个朦胧的意识
更安慰失败者的无尽善意

龙少的诗

龙少,陕西西安人。有作品见于《人民文学》《诗刊》《中国作家》《十月》等,入选多个年度选本。参加第三十八届青春诗会、第十届十月诗会。曾获第五届陕西青年文学奖、中国春泥诗歌奖等,出版诗集《推窗有鸟鸣》。

暮晚时的雨

我的悲伤不长翅膀
也不与任何事物交谈空气的味道
只储存大麦、玉米和眼泪
只许阳光照进来,带着它的橡树
和捧着书本的手,带来雨水
刷洗降落后的炊烟,而我像雨后的蕨类
或独处的圆石,在山谷建造自身的
星座。那因为沉默而拥有的寂静
绕过了风声的喧嚣
当我在风中藏起爱、谷仓与灯柱
阳光下的蝴蝶正向我走来
带来葡萄和平静的水
带来一些诗句,像暮晚时的雨

蓝的玄学

花瓶里插满蓝色花朵,玻璃窗外

蓝色天空，映在蓝色的屋顶上
像一门玄学，轻轻装点午后的宁静
长尾喜鹊在院里的树枝上舞蹈
微风翻检过树叶，替它布满明亮的音符
而我还没有辽阔的键盘供一场大风
藏起蹒跚的舞步
是谁在我未曾到达的餐桌前，奏响蓝色舞曲
此刻，"森林弯腰对大地悄声细语"
亲爱的索德格朗，我的院里没有星星碎片
我漂亮的姐妹们云朵般轻柔地穿过夜晚
星辰正亲吻她们的头顶
我抱紧了她们，想起天边银白色的飞鸟

周文婷的诗

周文婷,陕西靖边人。作品见于《人民文学》《诗刊》《中国校园文学》《芙蓉》等报刊。曾参加第八次全国青年作家创作会议,鲁迅文学院第四十一届中青年作家高研班学员,入选第二期陕西省百名优秀中青年作家扶持计划。曾获陕西省文化艺术节诗歌类一等奖。现供职于延长油田。

读一棵树

倚靠在一棵树的时候
意识正在控制着世界
控制着世界上车辆的速度
还有车上坐着的男和女
刺眼的光打碎了我的视线
让我把影子短暂抵押给一棵树
这棵树未必会喜欢我
只不过见惯了风雨,有了城府
也许,和我一样也会在
没有风吹的时候
想在火星上吃一根冰激凌
或者就像现在,我们不说话
各想各的人间绝句

我需要辽阔指向我

为了理解宿命，不敢帮谁
扇风，也不替自己点火
爱情和我并列而坐，嘘寒问暖

只要我还爱着，这一天的身体
就有理由长出另一天，直到
影子慢慢淡出，我需要辽阔指向我

眼里深藏的一片湖水，无争无欲
被拉伸成立体状，直泻而下
剧烈撞击怀里的礁石，绝不
讨要生活欠下的第八十一句真理

甘肃女诗人

娜夜的诗

娜夜，出版诗集《起风了》《睡前书》《个人简历》等。获第三届鲁迅文学奖。现居重庆。

郊　外

没有人
就是没有我想看见的人

蝴蝶、蜜蜂、蜻蜓都不认识他

松鼠放弃了一次跳跃
熟透的果实，内核是坚硬的

雪地上有三重阴影：我的、树的、寂静的

失去听力的喜鹊
嘴巴闭得更紧了

——没有召唤，必须自我唤醒

落笔洞

巨笔悬空
一万年——笔尖滴水不断

宇宙有大秘密
知天命之年，我有破译这一滴液体语言的愿望

蝉鸣说：神在天上著天经仙典，犹豫处，笔落人间
哦，神也犹豫

心中一暖

滴入百会穴的一滴，冰凉，如针刺
它想试试——

唯肉体深不可测

去马尔康，途经汶川

在路边
坐下

……剧烈晃动的
在泪水中又晃了一次

爱我们的地球，它还保管着灵魂

上苍赞同
落下细雨

提篮子卖水果的妇女
站过来：都是自家院子里的

苹果、李子、葡萄、黄瓜
——她重新栽种的生活！

她不老
头发全白了

会在哪一刻突然哀泣？

你篮子里的阳光多少钱一斤
她笑，继续问

她继续笑
笑声里有一座果园的欢喜

新疆女诗人

南子的诗

南子,已出版《绿洲之歌》《游牧者的归途》《西域的美人时代》《楼兰》《游牧时光》等。作品曾获西部文学奖诗歌奖、华语青年作家奖·非虚构作品奖等。现居乌鲁木齐。

我喜爱

我喜爱星期一多过星期日
爱这一天　生活的叶缘被拉紧——
拉紧无数的复制品
和首尾相接的迂回术

我喜爱阴天多于晴天
爱纸包不住火的阴天宽大、风轻
让孤独无处藏身
——那迷人的深渊

我喜爱洗楼的工人多于行人
爱他们的手脚仿佛鸟类
在笨拙的人间练习倒立,练习死
给大地平坦的胸部增添更多虚无

我喜爱自己甚于他人
我的影子狭隘、偏执
夹杂着尘土和可疑的炎症
我爱它深深地沉入自我的杯子里,不知所踪

我喜爱集市多于话剧院
爱这里的陌生人、乞丐、流浪者和小偷
在这里，穷人恨着穷人、坏人相互宽恕
当我从人世的缝隙间侧身
命运的难处，我早已洞悉

我喜爱质疑瀑布的高度，就像喜爱
针尖对着麦芒
喜爱暴雨无法涉及的鼓点
正在击碎虚构的青山和流水

每天，我一小块一小块地去爱
曾经爱过的，明天还要继续爱一遍
我的喜爱，从拒绝开始
——爱乌鸦的哀鸣，齐腰深的睡眠
以及一座被反复涂改的
人性的迷宫

病中书

仿佛世间万物都彼此相异
照亮了各自的寂寞

仿佛我的身体在尘土之上
而灵魂正四面敞开

仿佛爱情亦有着膨胀的孤寂，像迟开的水
曾经温馨的部分已经散尽

恐惧仿佛像暗器,振荡出古老的波纹
奇迹也无法安慰

仿佛厄运跃过冬季消瘦的月份
我看见它,正用陌生的沙漠牵引大海

仿佛无梦的人,更像是梦游者
步入蓝孔雀,流水和精灵的虚谷

仿佛"活着"是诗人空谈过的一个真理
只有到别处去死,桥头人才看不见桥下人

仿佛远方的僧侣,回头一笑
五月的嗓音,融化在黎明

张映姝的诗

张映姝,新疆作协副主席。已发表诗歌、随笔、剧本等一百多万字,作品多次被转载并入选几十种年度选本。出版诗集《沙漏》《西域花事》《草木有言》。曾获《红豆》2017—2018年度诗歌奖、首届海东青诗歌奖银奖等。

哭泣的女人

一个女人坐在冰冷的墙角
红色的皮包歪在雪地里
如果没有突然爆发的哭声
我会忽略她泪水抹花的妆容
和裹挟而来的寒冷
她对着手机放声大哭
我径直地走过,给她的悲伤保留尊严
我记住了这个时刻
2022年1月12日16点01分
和此刻一个女人的悲伤

人世间,这样的场景
分分秒秒都在发生
此刻,她是另一个背负者
替人类扛起不可推卸的悲伤

如风的诗

  如风,中国作协会员。1986年开始发表作品,作品散见于《诗刊》《星星》《扬子江诗刊》《作家》《作品》等多种刊物,部分作品入选多种选本,著有文集三本。有作品被译为英语、德语、维吾尔语、哈萨克语。获中国新归来优秀诗人、《现代青年》2019年度十佳诗人等称号。

旷　野

大雪之后,天地肃穆
独钓寒江雪的那人
双目低垂
与现世,隔着千山万壑

阿依努尔·毛吾力提的诗

阿依努尔·毛吾力提,哈萨克族。中国作协会员、中国散文学会理事、鲁迅文学院第十六届高研班学员。散文《阿帕》获第六届冰心散文奖。出版诗歌集《阿丽玛的草原》。诗译集《唐加勒克诗歌集》获首届"阿克塞"哈萨克族文学奖翻译奖。

挽　歌

　最初的怀念是真实的
在经过七天七夜的哭唱之后
流泪变成习惯
思念变成表演
哭唱挽歌的人成为诗人
出口成章
在哈萨克草原上
在悲痛欲绝的人群中
逝者的面孔
渐渐模糊

四川女诗人

翟永明的诗

翟永明,生于四川成都,曾供职于某物理研究所。1981年开始发表诗作,1998年于成都开设白夜酒吧文化沙龙,策划举办了一系列文学、艺术及民间影像活动。

灰烬会落在你我头上

我们不知道灰烬会落在哪里
它有敏捷的翅膀,自由滑翔
没有约定,没有警报
也听不到任何声响
白色、轻盈、漫长,最终
灰烬会落在你我头上

我们不知道灰烬会飘向何方
属于它的不仅仅是白天的轨迹
一些失重之物也将它带至晚上
谁不想逃跑,谁不想带走家人
谁不想在灾难到来之前遁入地下
迅疾、御风、高速,最终
灰烬会落在你我肩上

我们不知道灰烬会汇聚什么形状?
会产生什么气流?它会低语吗?
还是寂静无声?或是厉声咆哮?
它追赶我们的呼吸,哪怕我们

屏住呼吸，它也会钻进我们肌肉
摧毁中枢神经，使你麻痹
翻滚、舞动、摇曳，最终
灰烬会落在你我身上

我们不知道灰烬会在哪里终结
它铺天盖地，扶摇直上
这在世界上方膨胀、赛跑
没有选择，无差别对待
即使我们有 N95 口罩
即使我们有防毒面具，即使
我们有防空洞、地下室、冰箱
如影、随形、跟踪，最终
灰烬会落在你我头上

我们不知道灰烬何时消散
两千朵蘑菇云全面开花
风把放射性沉降物带到世界
它遮挡了阳光，推搡着空气
缠绕着植物，鞭挞着动物
地球上再也找不着口出狂言的人物
曼妙、肃穆、精确，最终
灰烬会落在白茫茫大地上

永生是什么

当我们谈论永生
我们谈论的是"死亡"
不同形式的泯灭

平淡的、激烈的
阳光般灿烂的——
亲人围观下的
清洁空气下的
百合浮萍上的——

当永生从"死亡"中产生

有人杀死衰老
有人销毁身体
有人成为后人类
为自己的身体装上安全气囊

若能飞升上天
谁愿坠地入狱?

我们讨论各种永生
变成芯片?连线上传?
不朽之躯?虚拟替身?
赛博格机器人?
第一人生,第二人生
共同进化?

当永生从"死亡"中分娩
"死亡"也变得美丽
如春天般怡人
冬日般凛冽

因蝉蜕结束
因解冻再生

我是什么？再次叩问大地
从灰烬中升起
从废墟中升起
从手术刀中升起
从大数据中升起

如今，这个问题
被关闭了
从一个接口到另一个
已然没有寂灭
必然没有赋形

桑眉的诗

桑眉,四川广安人。中国作协会员、成都市文学院签约作家。出版诗集《上邪》《姐姐,我要回家》等。现居成都,供职于某文学期刊。

第四笺

那是怎样一个夜晚呢?
他们抽烟、合影,说似是而非的事
我们嬉笑,簇拥着去买酒
路过白天目睹过夕阳的石桥
霓虹正把一条简朴的河流,装扮成
桨声灯影般的"秦淮"
月亮在小镇上空垂帘
是一面寂寥宝鉴
当时并未映照出什么端倪
传说中的红胸鸟并未出现
荆棘在黄昏时分路过的墙头
封锁一朵蔷薇……
但后来我哭了,你不知如何安慰
我们紧紧抱拥
像两块突然铁了心的石头。滚烫的石头
——那是怎样一个夜晚啊!
又深又沉

一口井的逻辑

谁知道呢
该如何谈论一口井

如果一口井的籍贯是：古代
泉眼细密，精通守恒术
数百年不增不减掬着井水
——这清幽甘冽之物
让人忆起诗中形容的那种永恒

一口古井存在的意义在于：等
等一个或无数干裂的喉咙
那喉咙因世事无常而哽噎、板结
说不出柔软的话
唱不出热切的歌
闭口不谈旷野、河流……

每口古井都有隐形阀门
当星辰照耀星辰
时间降解时间
弱水便破壁而来
滔滔汩汩，涉千山逾万堤

——我们爱水优柔且有容
我们朝水投入酶、五谷……
递上柴薪，与火
适度的阴凉
以及时钟往复徘徊的脚踝

当一种无形胜有形、无声胜有声的力生成
生成酒
……冲撞、沉淀。沉淀、冲撞……
（反反复复）
听，有歌音盘旋——
（反反复复）
"淼淼水三千，只取一勺饮。"
"水深鱼极乐，林茂鸟知归。"

该这样形容一口井（或井水；或酒）：
它蕴养理想，也熄灭胸中块垒

敬丹樱的诗

敬丹樱,四川德阳人。曾参加第三十五届青春诗会,获华文青年诗人奖、诗刊社年度青年诗人奖、四川文学奖等。出版诗集《槐树开始下雪》《周一的火车》。

"只有死亡,才能将我们分开"

你挑选的也是这句。

陪着小雏菊坐在墓碑前
少年念出的台词,明明只该出现在电影镜头
——秋水蓄满眼睛
微笑从梨涡溢出
明明只有黑白照片里那样的姑娘
才配拥有

被你从茫茫人海打捞起来时
光抚摸着我的头顶,一生的好运挥霍殆尽
我获得了巨大的伤感
当你语气笃定;我获得了等量的甜蜜
当你只说与我听

仿佛神在偏爱
预支给我,另外一生。

这些柔弱的花朵被称作母亲

即将临盆的单亲妈妈
淋着暴雨朝医院方向跑,半路上翻出急救包
咬牙为自己接生
她裹紧襁褓
孤零零撑到深秋的黎明

失业的妈妈提笔写起童话
为女儿换取奶粉和玩具的稿费单,像稀疏的雪片
如果灵感找上门
会破天荒买昂贵的冰激凌犒赏自己

所有孩子都会开口
所有声带同频成一个声音
这些柔弱的花朵
被称作母亲。必要时,母爱的力量
是枚小小的炮弹。你看外出捕食的角塘鹅妈妈

以一百二十公里的时速
把自己从半空垂直发射到海平面以下
十三米的深蓝

康宇辰的诗

康宇辰,四川成都人,现任教于四川大学文学与新闻学院,北京大学中文系博士。作品发表于《诗刊》《钟山》《星星》等刊物。曾获复旦大学"光华诗歌奖"。

蜀中抒怀

你好我的亲爱的,我们很久不见,
不说近况的时候就各自锤炼,在月亮
巨大的冷淡下面,夜生活琳琅
满目,文字工作者向往街头狂欢。

Hey,我的亲爱的,我在学校里上课
讲诗和文学的观念,夜里秋天的凉风
多像从十来年前的晚自习后吹来,
新老师背书包如整齐的少年,多年
过去以后,她还在收听更好的明天。

八十年代的感动是健康的,亲爱的或许
你喜欢《你的样子》,我喜欢《明天会更好》,
那些酒一样浓深的夜色,不太凛冽的风
让我过分思念一些从来没有的人。
你来和我一道深呼吸这馥郁的年代吧,
学生时代走校园商业街,
那样土味摩登,山寨了人类自由王国。

我在高校的夜色下七步成诗，命
是要紧的，所以那些项目书长长短短，
埋葬了青春，或终于是慌张的、焦灼的、
空幻的打工之年。我亲爱的朋友，
把未央歌压榨了一年又一年后，我亲爱的
年代的记忆者，铡刀落下切分所有盛年。

你是美丽、美丽、美丽的致幻。我倾听
他们赛跑跑出亚洲劳动密集型的呼喊。
"劳动"，在一本哲学书里，劳动是
为了诅咒旧世界，在网红的现代城市，
劳动的奇观被消费得那样疲劳、那样顺从、
那样好看。我的亲爱的，人在家中宅，
社会关系也会纷纷从深网上找来。

不纯的时空，挪移的位置，我离别得悄悄
换十日的笙箫。哪里有夜晚的康桥？
辞别的才子之唱里我找不到故人，
爆款的诗才不会胡乱埋没于伟大的年代，
可多情自古伤离别啊！看大地被风雨化育，
看萌生新花新枝无甚意义，我的胸怀
被北方的洪流拥塞，只好失忆又失眠。

亲爱的，你见过北极星的心事吗？
万古愁愁得青春常在，起朱楼宴客好心意
也再不遗憾人间聚散了。可是，可是，
文学青年的梦在夜半朗朗铺开，乾坤光明。
梦里的事情，无非是轩窗里的老抒情，
过于情长了，干燥的年份并不适应。
你挂念远方人吗？她写盛年的《陈情令》，
如同捕风，如同轻罗小扇，秋日只余流萤。

张丹的诗

张丹,四川遂宁人。四川师范大学文艺学在读博士。现居成都。

爱的本质

人生的光影之中,其实空无一人。
站在小巷尽头,她从未向童年,转过身去。
黄昏,人们的影子在匆忙过街。
诸神变幻着游戏时的色彩。
走进屋子,她扫净地板,用杯子喝水。
如我们所知,要不是忽然下起雨来,
爱,不会变得如此真实,
美与神,不会顷刻间褪尽。
浮世空无。剩下经年的雨声和沉默。
生命被看清,是一次洗劫一空的偷盗。
她绕过他的身体看那把渐短的扫帚。
当他问:你没有偷拿东西的习惯吧?
这里昨天你走后少了一个杯子。

生命学徒

阳光洒满,世界宜于一首哀歌。
人们行路的技艺,仿照帕格尼尼
二十四首随想。不断迎来枝叶和鸟鸣,
让人猜想冬天,是否并不存在。

两个中学生,偷走对方的命运,
悄悄饲养。一个不会存在的孩子,
看着年少的父母走出医院大门。
他以未出生的死亡,等待他们长大成人。

贵州女诗人

蒋在的诗

蒋在，作品见于《人民文学》《十月》《当代》《钟山》《中国作家》等。有小说集《街区那头》、诗集《又一个春天》。曾获《山花》年度小说新人奖、第三届钟山之星文学奖。2016年，获罗德学者提名。

给我的不可多

爱
给我的不可多
我想的
不可对我说出口

隔开混沌的是天地的拱顶
上下茫茫的水域
拉开袖口
一个透亮的清晨
我听见隔壁传来的一声叹息
叹息的
无物里包含着
揉碎的茉莉花香

世间有什么

世间有什么
无法被水磨平的

却证明了时间
种下了
灯座上的鸟

世间有什么
无法佐证爱情的
眺望
让人忘记了
虚荣中
短暂的忠诚

王冬的诗

王冬,贵州安顺人,广西师范大学文艺学研究生在读,诗歌见于《诗刊》《十月》《作品》等。曾参加第三十七届青春诗会,著有诗集《雾中所见》。

屋 虹

像雾,屋虹是她的名字,她说话时
我正在剥蚕豆,把绿色的皮剥掉
把渐白色的壳也剥掉,只剩下
最鲜嫩的两瓣果实。她是海洋蓝
唤起我鱼的记忆,我们都
在别的人家,找到家的空间。
周围的年轻人孤独寡言,大人们
精力充沛,像没受过苦难的样子
她说:"白玉兰——很困的鸟,瞌睡
就快掉下来了……"看她的提问箱
最后还是要说:"祝你开心,此刻。"
厨房的香气飘出来了,辣椒和花椒
鲜美无比,湿湿的天气,就适合这样
在她梦幻中的宜昌乐园,一位陌生的
出租车司机,说出以"妹妹"开头的
每一句,都像出生,那种温柔让人
瞬间流泪。几天后她写下,"世界和平
没有家暴",悬挂,看到不受约束的
可能性,并展开,那里就是乐园。

爱之海

众人横渡过去，
欢快地谈论爱的技艺
他们是不知道的，

海底温度多低
压迫感，无法呼吸，
少有人在溺水，
少有人用求生意志在大口呼吸，
少有人每日做着水中吐泡泡的练习，
我是那极其少数人之一。

云南女诗人

海男的诗

海男,现居云南昆明。作家、诗人、画家。毕业于鲁迅文学院·北京师范大学文艺理论研究生班。著有长篇小说《花纹》《马帮城》《夜生活》《私生活》,散文集《空中花园》《我的魔法之旅》,诗集《虚构的玫瑰》等九十余部。曾获鲁迅文学奖等。

翻过山脉,我们再拥抱

现在,雨下着,天阴着。还没到春天
我正将掉下的衣纽缝上,这件衣服很旧
但舍不得丢弃。有些注定的事情
我们不要去改变。天南海北对太遥远
有些感伤,水沸腾着。燕子快回来筑巢吧
那个灰色屋檐上的鸟巢,就像邮箱
挂在邮电所斑驳的墙壁,孤单而又冰凉
让我想起了写信的暗夜,笔迹圈下的日期
像火炉已烧成了灰烬。对面露台上的女人
穿着睡衣正在玩手机,我将画布移近光线
就可以让一只春燕沿路飞回来
对着虚无,我虚拟着这条从水路到夜幕的

旅途:翻过山脉,我们再拥抱
我头上的披肩仿佛翅翼突然被风吹走远

在尘埃中奔跑看见火烈鸟在头顶飞翔

我们绕着灶膛转啊转,仿佛用手推着转经筒
从小就知道火可以烧熟食物,任何草木
都可以变成火。从小就开始寻找火柴盒
那个小小的盒子啊,在粉红色的掌心
引领我去荒地寻找果物,不小心抽出了
火柴棍,这魔法的源头,是否就是火之源
火就像翅膀闪电般热烈地来来去去
我在火中取栗取到了枝头上的花蕾
我在尘埃中奔跑看见火烈鸟在我头顶飞翔
我紧紧地抓紧火柴盒害怕它从我手心滑落
我在有火的羽毛球上看见了雨水的电离子
我在燃烧的身体中靠近了有电流的身体

我们绕着火柱栏杆旋转着迷失于黑暗
我在有火花的嘴唇上看见了花儿般的少女

烈焰红唇下的春光之谜

春天来了吗?这是一个关于树叶的问题
只要有嫩芽吐露,就意味带着烈焰红唇的
春光,就在天幕下顺风而来。此刻的我
使用过了剪刀,一个未曾启开的信封
仿佛在角落中被遗忘了很久
牛皮纸冰凉陈旧,仿佛曾经被蟑螂脚爪
轻触过。房子里有许多蜘蛛网
这才是生活的原貌。春天来了吗?
我们为什么需要春天?很久很久以前
母亲曾踏着蝴蝶牌缝纫机,给我缝一件

胸衣。屋内的炭火变成了灰,我穿上胸衣
那时候我十三岁。站在母亲面前

母亲推开门看了看说,春天就要来了
我跑出家门,看见一个货郎手摇风铃走过来

海惠的诗

海惠,云南人。长期从事图书编辑出版工作,所编图书曾获中国图书奖、鲁迅文学奖、骏马奖、中国女性文学奖、全国畅销书奖等全国性大奖和云南文化精品工程、云南十大好书等省级奖项。出版诗集《亲密的抒情时代》。

夜之诗

无声的夜晚叫我留下来
留给春天最优美的果子
黄昏叫我留下来
留到一场婚礼
在童年的歌谣中摇晃
留到我成熟的水田,我抒情的青麦重生
留到我的初恋,和五岁时有关系
留到时光的箭镞,把我从此射中
留到美和思念,从此被原始的回归打动

追 忆

回过头来,盘缠的香草
那交叉的枝根已是历历在目
野生的橡树,把我的肢体和影子
映照得斑斑驳驳
回过头来,那是我曾经光辉过的白昼

如今我形影孤单,陷在草丛中
回过头来,怀念人间的最后一抹星辰
而后,跟着神的旨意

张猫的诗

张猫,生于滇南。独立艺术家、诗人。游于野。著有诗集《野薄荷》、画册《张猫》。有大量作品在全国诗歌刊物及网络平台发表,有画作被收藏。

切水果

儿子见过我切水果
我见过母亲切水果
母亲见过她的母亲切水果
围绕事物的核心,通常是
把切下来蹩脚、丑陋的部分塞进嘴里
然后再把好的部分,漂亮地
摆放在盘子中,端上餐桌,或者
直接喂进你的嘴里
母亲们似乎从未有过遗憾
盘子里的水果,有时是酥梨,有时是柚子
褪下布满斑点和发皱的皮肤
它们在闪闪发光

童七的诗

童七,云南玉溪人,彝族,扬州大学文学博士在读。有诗歌、散文、评论发表于《诗刊》《诗歌月刊》《长江文艺》《扬子江诗刊》等刊物。

酒鬼的时间

他把自己的影子撕碎后
从别人那里把时间都收了回来

骤然面对那么多时间

他才发现,房前屋后的脚步声
可以被空荡的房间无限放大
他认真分辨村庄里牲畜的喘息频率
彭家的和鲁家的,完全不一样

他还爱上了看风:
一阵风吹散了桃花
一阵风吹落了叶子
一阵风把一个眼神吹进了他的屋子

他就盯着这个眼神,直到几天后
眼神迟疑着离去

他还看到云和光

一朵云从山腰前往天空,需要
他翻一个身的时间
而一束光,从窗台来到他的脸上
只用了一眨眼的工夫

所有的时间里
他最爱的酒神没有光顾他的屋子

于是他将好的五月,对这些事物
倾注了加倍的时间

酒鬼自传

再次醒来时已是冬日
他发现自己枕在一架雪白的
蛇骨上,几只白鹅围在自己身边

他记起,雾露和睡眠同时升起叫唤的时刻。
体内住进了一只断了舌头的乌鸦
"喳喳"的大鸟的怪叫被什么浇灭
某些辛辣的液体,曾流向肚内
他举起酒壶,一大口,又一大口
屋子里唯一容忍他的器物
当,他撞开紧闭的门锁
他知道一些时日再次来临
他听到了那只来自体内的大鸟
凌厉的叫声。在夏日的黄昏

重庆女诗人

冉冉的诗

冉冉,重庆市作协主席、一级作家、中国作协全委会委员。著有长篇小说《催眠师甄妮》、中短篇小说集《冬天的胡琴》、诗集及长诗《暗处的梨花》《从秋天到冬天》《空隙之地》《朱雀听》《和谁说话》《望地书》等。曾获骏马奖、艾青诗歌奖、中国当代少数民族文学优秀创作奖、重庆文学奖等。

晨　歌

我要清晨拉开窗帘的
记忆之歌。

小男孩走向餐桌,
尚未咀嚼的牙齿雪白,
尚未品尝的舌头粉红。
准备中的早餐,
正在匹配他的纯洁。

猫返回角落,若有来路,
一定是被露水打湿的那条。
阳台顶的蜘蛛停止劳作,
夜来网住的已然漏尽,
接受遗失是它每天的功课。

给脱脂牛奶一声赞美,
轻盈、细腻、甘甜,和睡梦

何其相似，一宿酣睡
酬劳白昼的辗转艰辛。

赞美一声蛋糕和菜粥，
它们用另一种形态依恋你，
你的沉默，有它们伴随。

除此而外，我还要赞美
清晨那关得住痛苦的门，
坐得穿寂寞的凳子，
干净得只剩下墨水的笔，
那来自灵魂的忏悔和歉意。

金铃子的诗

金铃子，曾用名信琳君，中国作协会员，诗人、绘画者。著有诗画集九部。曾参加第二十四届青春诗会。

我穿着李二牌昆虫衫去了金子山

精神病医院好停车
没有什么人，做核酸检查快
真没有什么人。真快
只是，突然有一个手拿弹绷子的人
蹿出来，盯着我
指着T恤上的图案
"别动，你身上有几只害虫。"
紧接着，他用弹弓对着我
空弹几下
咧开嘴笑
"死了，都死了，我放心了。"

这个夏天

我住在旅居的他乡
谈不上热爱，也谈不上背弃
我体验到睡到自然醒的自在
饿了就吃东西的满足
甚至根本不知道饿

根本想不出，需要什么
如果有需要，只有土壤和空气
还有你，让我获得某种知觉

省　略

我省略的爱可长可短
说出来不过徒增热闹
省略的记忆，封存在一张棋盘里
不黑，就白
省略的苦，在笑声里
笑一声，眼泪就往身体里流
心底的湖水就涨了又涨
偶尔，有鱼虾从湖里冒出头来
我也将它们省略
在这六个点中
躲过了猎手、子弹和渔网

就这样含糊其词的……活着
只是诗歌，偶尔
发出清晰的
空落落的落指声

梅依然的诗

梅依然,四川遂宁人,现居重庆。中国作协会员、重庆文学院签约作家。著有诗集《女人的声音》《蜜蜂的秘密生活》等。重庆市首批"巴渝新秀"青年文艺人才。曾获《诗选刊》"中国年度先锋诗歌"、《现代青年》年度最佳青年诗人等奖项。

无　垠
——在抚仙湖,兼致灯灯、唐果和王单单

带走我,流逝的波浪,带入大海的遗忘!
——佩索阿

不知道哪里是波光的尽头
波光似乎连接了所有的事物

水边芦苇摇荡,鸟鸣栖息林间
无名的野花开得星星点点

没有更多的时间
去了解它们

已没有更多的人知道,我们
在人世的某地徘徊眷恋

我们来过这里

又匆匆消逝

带着快乐
啊，孤独的欢愉

与痛苦接近
仿佛永远没有尽头

万物沧桑像遗忘，像我们
一样，都将归于寂静

而那些从未属于我们的东西
是真实的存在

江　边

江水有时辽阔
有时狭窄
和人一样
而我有一颗
孤独的心
在这江边茂盛
生长
不需要人们的鼓励
她歌唱
这里的
野菊、刺果、枯草
绿蕨和漂流而过
的轮船。她们
都有各自的语言

亲近又陌生。有时
我翻动手里的一本书
有时折一根
狗尾草放在嘴边
感觉时间
消逝的寂静
感觉我的存在
和不存在

余真的诗

余真,重庆人。作品见于《人民文学》《诗刊》《星星》《诗歌月刊》《北京文学》《中国作家》等。获大江南北青年诗人奖、陈子昂青年诗人奖。

雨　靴

一切都被使用旧了,无论是
言谈还是争吵完毕
空气里躁乱的平息
只有雨靴,像新的一样
雨天和泥泞让我把它
短暂想起,又很快抛诸脑后
雨靴到今天还像新的一样
和倒数三千个昨日一样贴合这双脚
它没有变动过,和朝阳一样

雨靴,我有一个揣测
也许我这一生从未下雨
一切都是准备,一切都是我的幻想

爱的教育

如果诗意像烤红薯一样唾手可得
祖母应该在傍晚带有米汤味的空气中

推开我卧室的房门
这么多年只有这样的闹铃令我心安
后院的梨树在荒芜中烂掉
指头大的果实年幼时死于鸟喙
黄狗在石梯上跳着音阶
远远对着归来的祖父发出
幸福的喝止。夜晚使家犬误认
而月光会逐步点亮
他们虚幻的身形,直到
鬓角与月光浑然一体
这时我已软绵绵地端坐
夜晚这乌青的眼睛以及河流
如土地细嚼慢慢地吞咽
波及着我祖母枯槁的身形她
拍灰的姿势,她不怕烫伤的手
包上纸张将装裱完的红薯递给我
等我发表出餍足的感受
等我在那些简朴的爱意中成长
等我成为一个真正的诗人

献给河流

如果可以,我想作为河流
雄浑、激情,灌溉生机又咏叹死亡
蔓草和尸骨同时在我的河床
裸体和垂柳同时在我的水面
那样包容,像天空那样凝聚
河流它是那样独立
在任何手上都能滴滴分明
大河你力挽狂澜,大河你孕育风暴

大河你哺乳荒田，大河你把命数
搜刮一空。美丽无边的大河
幽深广阔的大河，鸣笛呜咽的大河
让岩石粉碎，让群岛成为孤峰
让枭雄成为不复重来的遗址
让它的广阔无边分化成涓涓细流
伟大的河啊，愿意屈膝于平凡
伟大的河谦卑地映照着世界的倒影
它把自己的肖像永久退出
它磨砺着大地磨砺着重峦叠嶂的山脉
磨砺着田地里的粮食磨砺着
它如此激动人心地度过了一生
可以伟大可以神圣可以高潮可以厄难
可以低迷可以枯竭可以急流勇退

白月的诗

白月,现居重庆,中国作协会员。获第八届台湾薛林怀乡青年诗奖、巴蜀青年文学奖。曾出席全国第七届青创会,参加第三十一届青春诗会。鲁迅文学院第三十一届青年作家高研班学员。著有诗集三部。

树

不要管我啊
不要摘我的果实
不要看我的花

这么多人摘我的果实
这么多看花不懂花的人
这么多落叶是要落下的
这么多人走开
只有岁月扫这么多不尽的落叶

不要管啊,跟其他树都不能在一起的我
不在土壤中
也不在空中
我生长着,天就生长着
我向上长,天就一直向上长
只有这样

这有什么不对吗?
不要管我不要管我

楚茗的诗

楚茗,90后诗人,自由编剧,有作品散见于《诗刊》《扬子江诗刊》等,曾获第六届扬子江年度青年诗人奖。

放大,再放大

酒后的谈笑被夜晚放大
再放大
经风一吹
只剩一团混沌的哭
我被这哭声吵醒
真想从影子里拿出一点黑
躲进去,除了睡觉什么都不做

我渴望睡眠
渴望粮食,渴望爱
甚至渴望一点点让人清醒的痛苦
如果把我放大,再放大,会是什么?
一片空荡荡的海吗?
永远向陆地翻滚着饥饿的波涛
永远跌落进自己的深渊
在无止境放大中
我对自己的恐惧加深
就像第一次看见大海那样恐惧
就像读到卡夫卡笔下的怪物那样恐惧

卡夫卡

这个善于将人放大
再放大的高手
这个叫人害怕的怪物!
如果把他放大,再放大,会是什么?
一只更大的虫子?
或是更大的人?
我必须停下了
放大,再放大是件可怕的事

枯叶蝶

枯叶蝶被扫进火里
那是它最后一次被认错
太累了,一生都在装死
该死的时候却想证明自己活着
那一刻,它被热浪举起
离太阳越来越近
仿佛夏天朝它涌来
耳中尽是蝉鸣带来的晕眩
它喃喃自语
哦,妈妈,我想变成绿色

西藏女诗人

那萨的诗

那萨,又名那萨·索样,青海玉树人。曾获第三届蔡文姬文学奖、第八届诗探索·中国红高粱诗歌奖、首届师陀小说奖·优秀作品奖、《贡嘎山》杂志2015年度优秀诗歌奖、第三届唐蕃古道文学奖等。出版有诗集《一株草的加持》。

崖壁上的花房

群山相望间悬浮的一处胜景
青松翠柏,垂悬在崖壁
万丈之下,空风没有来由
流动的花,像是被悬空支起的浪花
或大漠与戈壁间暂缓的一个关卡
指给谁都略显突兀,看落日
绵长地放逐,不问去处
松木露台上的孤影
正对应着山顶的荒芜

海拔四千米以上

——修自己的路,
踏自己的脚。

空手向绿水招手,指缝塞满风
山路蜿蜒向上,一眼温泉

以沸腾之情,淹没膝盖

花草以裸露之姿,动摇山脉
女子裸出上身,双乳浮在水面
局促不安的,是那双偷瞄的眼睛

这心,如同倾听过的那一颗
左胸口留下耳朵和声音
代替语言,善待万物变化

心率,犹如一帧光的讯息
谁的思念在抵达?

这想象如此辽阔
与往常不同